BOOK & BOX ORIGINAL DESIGN by VEIA

第九話 王刀・鋸

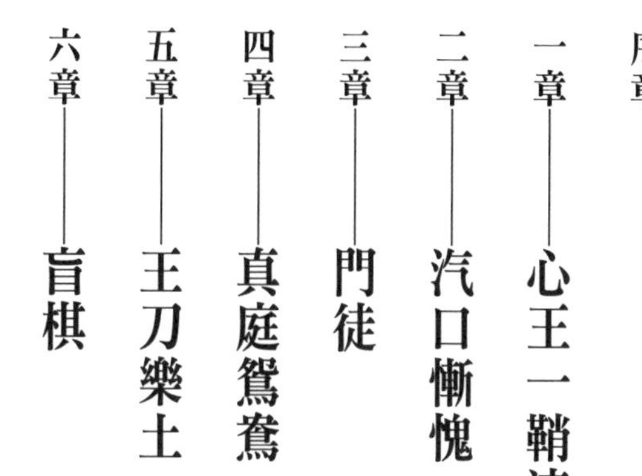

插畫：竹
書法：平田弘史

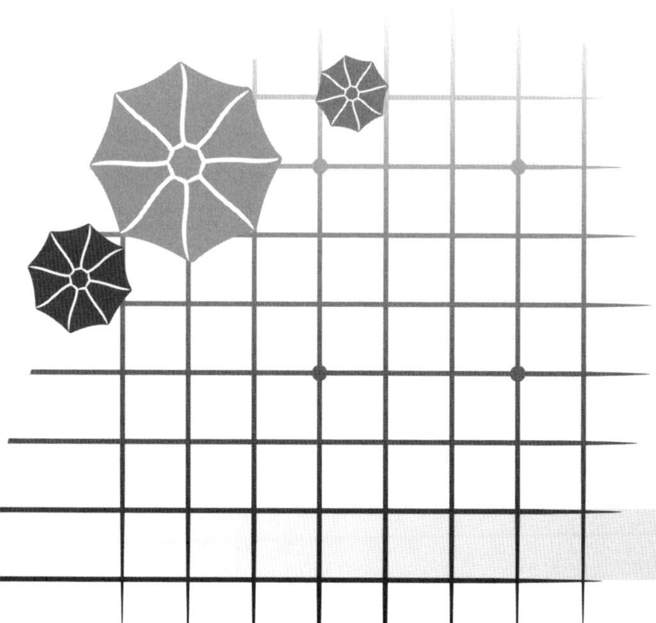

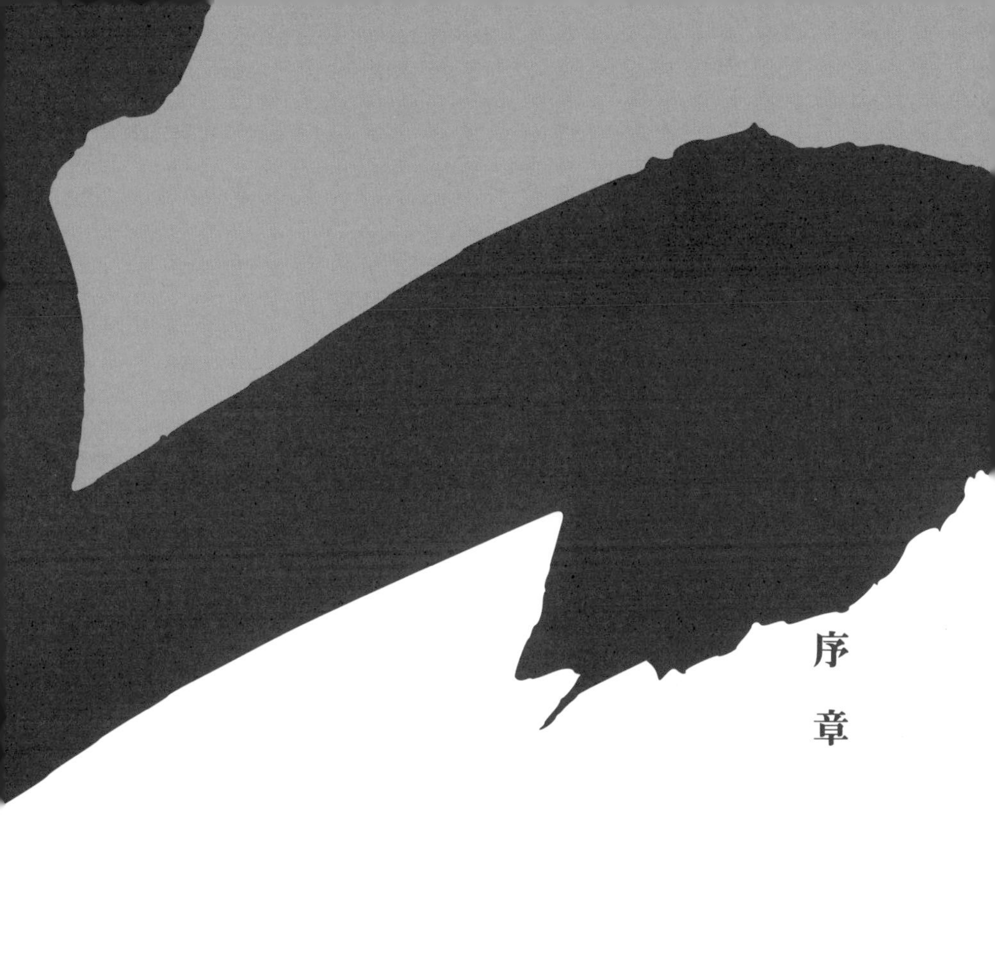

序章

■

■

尾張城下的否定府，乃是家鳴將軍家直轄稽覈所總監督——本名不詳，來歷不明的否定姬居住之處。

否定府之主否定姬面無表情地佇立於房內，

並未點燈，也不坐下，

只是站在原地。

她生就了一副金髮碧眼，容貌大異於這個國家的百姓，在尾張幕府之中更是顯得加倍突兀；然而她穿起和服來卻是有模有樣，再合襯不過。

否定姬突然朝著天花板打開鐵扇。

「那個惹人厭的婆娘——奇策士的厲害，是種肯定的厲害。哦，這話我之前好像也說過？」

她操著一口流利的日本話，開始說道：

「而我的厲害麼，則是種否定的厲害。所以我和那臭婆娘的鬥爭，便是肯定與否定之爭。若我是否定姬，她便是肯定姬了。」

否定姬微微笑道。

「她的厲害之處，便是能包容自己的脆弱及世間的醜惡，肯定一切，對我確實是種威脅。所以我否定她，不留餘地、全心全意地否定她，從一開始便認定她包藏禍心，暗懷鬼胎。」

否定姬不辱否定之名，

徹底地——予以否定。

「如今亦然，雖然我沒有證據，卻仍繼續懷疑她。不過……就結果看來，我老是輸給那婆娘。被那婆娘的奇策害得貶官降職的次數，我都懶得去數了。我一左遷，你也跟著倒楣，應該感同身受吧？」

否定姬對著天花板說話，然而天花板上並未傳來任何回應；她不以為意，繼續說道：

「反觀我呢，卻從來不曾給過她致命的打擊。雖然我常找她的碴兒，妨礙她辦差，但回回都讓她平安過關，有時甚至還被反將一軍。」

否定姬否定了自己的戰果。

「不過，無論被罷黜幾次都能重掌大權，就是我過人之處了。」

否定姬自我調侃，但天花板上依舊反應全無。她闔上鐵扇，插入腰帶之中。

「話說回來，那婆娘就是這樣，做事不夠決絕。或許她自以為有所覺悟，可在我看來，還生嫩得很呢！只不過這麼一來，反倒像是她對我手下留情，放我一馬了。」

否定姬又說道：「仔細想想，她使的是肯定的手段，也難怪如此生嫩了。」

否定姬的分析倒是有條有理，毫不生嫩。

「那婆娘和我一樣，來歷不明……原因鐵定與她的出身有所關連。這一點也和我一樣。也罷，既然那婆娘的過去無從查起，再想也是枉然。」

話說到此，否定姬沉默了片刻。

她若有所思，接著又面露恍然大悟之色，點了點頭。

「……我這才想到，或許那婆娘的厲害之處還不止於肯定力。是啊！照理說，肯定力與否定力兩者相較，該是否定力要來得強才是。」

人是否定的生物，

總要靠否定其他物事來形成自我，

因此——她才成了否定姬。

「所以我一直以為自己在她之上。不過那個惹人厭的婆娘卻不然，或許她根本不把我當一回事。嗯……原來如此，原來如此。這也是一種見解啊！」

否定姬頓了一頓，方又心平氣和地說道：

「是啊！說來湊巧，之前咱們談起那婆娘時，你不也說過？『奇策士有時會做出一些看似未經思考、隨波逐流之事』。這正是那婆娘肯定力的表徵……不，或許是她根深蒂固的天性。」

否定姬續道：

「奇策士——獻策者曰策士，籌奇策者便為奇策士。棄絕武藝，以一己智略建功立業的軍師，往往長於思量；不過那婆娘不止長於思量，也長於不思量。」

說道，否定姬再度取出鐵扇，緩緩打開扇面，掩住嘴角。

「一般人碰上思之無益的事，仍會不住思量；不過若能控制自己不做無謂的思量，對於籌策定計倒是有極大的助益。倘若這便是她的殺手鐧，那我可真是看走了眼。我本以為她迷糊顢頇，看來是我太小覷她了。不錯，正是如此。」

否定姬自顧自地點頭稱是，表情顯得豁然開朗；接著她又闔上鐵扇，以扇尖指著天花板。

「右衛門左衛門，這回尾張幕府直轄預奉所軍所總監督奇策士咎女提出的集刀之議，便是我的圍場；我和那婆娘長年以來的恩怨，要在這次一併了結。原本我想等她惹火燒身，自取滅亡；但如今十二把刀已得了八把，難保她不會集得剩餘三把，並找出最後一把。依我看，她的勝算大約有五成吧！」

否定姬意味深長地說道。

「咱們就來坐收漁翁之利，不但要集齊傳奇刀匠四季崎記紀所鑄的十二把完成形變體刀，還要揭穿奇策士的陰謀……鑄白兵背叛，固然在咱們的意料之外，不過我也因禍得福，得以早一步重掌大權。他才氣過人，著實不好控制。呵呵！如果能趁這個機會把煩人的真庭忍軍一併剷除，那個婆娘提出的集刀之議也不算壞啊！是不是？你嘴上說祖先的恩怨並無干係，其實真庭忍軍敗亡，你也洩了口怨氣吧？右衛門左衛門。」

否定姬調侃道，然而天花板上依舊毫無反應。

直到此刻，否定姬才恍然大悟。

「哦！對了……那傢伙現在不在嘛！」

■■

如此這般，這回的序章也和第五卷、第八卷一樣，由否定姬開場！

她的得力大將左右田右衛門左衛門眼下不在尾張，暗殺真庭忍軍十二首領之一——「神禽鳳凰」真庭鳳凰去了。

而兩位主角為了奪取第九把刀，已經抵達了天童。

這個月也請各位看官跟上前去湊湊熱鬧吧！

武俠刀劍花繪卷。

無形絕對時代劇。

刀語第九卷，於焉展開！

一章　心王一鞘流

■

■

「兩位的來意我明白了。」

那女子——心王一鞘流第十二代掌門人汽口慚愧把話聽完之後，平心靜氣地說道。

她身著道服，端坐於二十張榻榻米大的道場之中；而她面前的兩人也和她一樣正襟危坐，其中一人是個身穿錦衣華服的嬌小白髮女子，另一人則是一頭亂髮，打著赤膊的高大男子。

他們正是奇策士咎女與虛刀流第七代掌門鑢七花。

「不過……」

汽口慚愧望著擺在三人之間的木刀，神色凜然地續道：

「很遺憾，無論兩位有何理由，我身為心王一鞘流的掌門人，絕不能將王刀『鋸』交給外人。」

■　■

在此替各位看官做個前情提要。

白髮奇策士咎女，這個本名不詳、來歷不明的女子其實正是奧州霸主飛驒鷹比等的女兒。

飛驒鷹比等原為統治奧州的大名，卻興兵攻打尾張幕府家鳴將軍家；而他的叛亂，便是一切的開端。

在長治久安的太平盛世裡，這是椿了不得的大事。飛驒鷹比等投下的石頭所引起的漣漪，擴及到日本各地，成了全國規模的叛亂。

飛驒鷹比等計畫周全，戰略細密，但尾張幕府卻是居安日久，不思防危，是以叛軍勢如破竹，節節進逼，險些滅了尾張幕府。尾張幕府能夠逃過一劫，實屬僥倖。

又或許該歸功於虛刀流第六代掌門——鑢六枝。

鑢六枝乃是戰國六大名之一徹尾家麾下的劍客，

用的是不使刀劍的劍法；

大亂當時，他領著少數精銳之士（其實只是一群烏合之眾）潛入奧州刺殺飛驒鷹比等，以一記手刀砍下了叛賊首級。

所謂樹倒猢猻散，失去了大將的叛軍潰不成軍，轉眼間便全軍覆沒；無人繼承飛驒鷹比等之位，也無人膽敢再步飛驒鷹比等的後塵。

於是乎，叛亂止息，戰爭結束，

天下又恢復了太平，

實為可喜可賀。

然而額手稱慶的只有尾張幕府與不關心爭權奪勢的平民百姓，叛軍——尤其是飛驒鷹比等的親信可就是晚景淒涼了。

戰死的戰死，倖存的處以極刑，逃亡的亦是死路一條。

尾張幕府雖然創造了太平盛世，卻不是和平主義者，對於叛軍毫不容情，趕盡殺絕，無一例外。

至於飛驒鷹比等一族更是無庸贅言。抄家滅門，九族齊誅，既不可喜亦不可賀。

然而一族之中卻有個人破例活了下來，

她便是日後的奇策士——奇策士咎女。

她親眼目睹父親死在鑢六枝手上，一頭廣受讚譽的烏黑秀髮也因此褪了顏色；在那瞬間，她便對著自己的一頭白髮發誓，定要向尾張幕府報殺父之仇。

當時戰局逆轉，叛軍節節敗退，無力反抗，一一伏誅；然而年歲尚幼的她居然能逃過一劫。

這可不是因為她年幼懵懂，皇天見憐，而是因為她發揮了超乎孩童的才幹，忍辱負重，能屈能伸，方能活下來。

不是因為貪生，不是因為怕死，

只為了報仇——苟且偷生著。

此時的她便已展露奇策士的才能，成功逃過了尾張幕府的追緝。

當然，若她一直下落不明，便得一輩子被通緝，因此她找了具屍體當替身，讓幕府以為那即是飛驒鷹比等之女；而她則搖身一變，成了個本名不詳、來歷不明之人。

過了一段時日之後——在這段期間之內，她沒有一時半刻鬆懈，奇策百出，屢敗屢戰——她終於成功混入了尾張幕府之中。

她身著錦衣華服，以一介女流之身打入了男人當家的幕府之內：她並不鬼鬼祟祟、小心翼翼地進行計畫，反而明目張膽自號為奇策士咎女，鬥垮了所有對頭，踩著他們升官晉級。

否定姬便是其中之一。

饒是否定姬，亦無法否定她與奇策士咎女兩人相爭，反而助咎女平步青雲。

然而否定姬卻屢次東山再起，教咎女恨得咬牙切齒。否定姬身居「稽覈官」之職，亦令咎女提心吊膽。

總而言之，咎女費盡心機，使盡手段，在幕府之內爭權奪勢，步步攀升，最後得到的地位便是家鳴將軍家直轄預奉所軍所總監督。

如此一來，她便多了座固若金湯的城池，地位穩如泰山，無可動搖。雖然她又接近了自己唯一的目的——向尾張幕府報仇——一步，卻也遇上了瓶頸。

咎女官居要職，旁人再也難以抗衡；如今唯有否定姬一人繼續與咎女作對，但這與目的及升官已無干係，只是天敵之間的意氣之爭。

與稽覈所總監督相鬥非但毫無利益，反而於己有損；再這麼下去，只怕咎女磨心耗力，總有一天會倒下。

因此咎女只好與真庭忍軍合作，全力擊垮否定姬（只可惜不久之後，否定姬又重掌大權），並使出了下策。

這條下策，便是蒐集傳奇刀匠四季崎記紀所鑄的十二把完成形變體刀。

在此針對四季崎記紀來個簡短的說明。

在尾張幕府創造太平盛世之前，亦即戰國時代——有個傳說流傳於征戰沙場的劍客之間。

那是個與刀有關的傳說。

據說只要得到某個無門無派的古怪刀匠所鑄的刀，便能以一擋千；反過來說，碰上了使用該刀匠所鑄之刀的劍客，是絕無勝算。

那個刀匠名曰四季崎記紀，

所鑄的刀則稱為變體刀，共計一千把。

傳說中，兩國交戰，勝敗即是取決於各國所擁變體刀的多寡；而事實上，戰國二十五雄的成敗也的確是取決於變體刀的數目。

戰國霸主——亦即今日所稱的舊將軍費盡心血蒐羅四季崎記紀的變體刀，最後集得了五百零七把；若是如此還不能取得天下，反倒是件怪事了。

舊將軍自四國土佐興兵，稱霸全國；

然而他的心卻已然中了毒——中了四季崎記紀之刀散發的毒氣。

他平定了天下，仍然不肯罷手；不，是欲罷不能。已擁有過半變體刀的他，若不集齊全數變體刀，竟爾不肯罷休。

他將全副心力投注於集刀之上，甚至拋下了治國建制的大事。

當時他年事已高，來日無多，因此集起刀來不擇手段。其中最為顯著的例子，便是獵刀令——素有日本第一惡法之稱的律令。

時人皆云：將軍獵刀，意不在刀，乃在劍客。

這道律令將全國各地的刀劍搜刮到四國，表面上是為了在清涼院護劍寺中建造大佛，以紀念戰亂平息；然而真正的目的既非建造大佛，亦非剷除劍客，而是蒐集四季崎記紀的變體刀。

他不顧一切的努力有了回報，

四百八十一把變體刀自全國各地流入他的手中，連同他原本擁有的變體刀，共計有九百八十八把。

餘下的只有十二把，

然而這十二把卻是最難得手，也最為特出的傑作。

在四季崎記紀所鑄的眾多變體刀之中，這十二把乃是最上等的好貨，被稱為完成形變體刀。

絕刀「鉋」。

斬刀「鈍」。

千刀「鎩」。

薄刀「針」。

賊刀「鎧」。

雙刀「鎚」。

惡刀「鐚」。

微刀「釵」。

王刀「鋸」。

誠刀「銓」。

毒刀「鍍」。

炎刀「銃」。

唯有這十二把，舊將軍終其一生都未能得手。

非但如此，由於他奪刀屢次失敗，日益疲弊，最後這個天下霸主的國力竟落得不到五萬石；膝下無子的他過世之後，便由現在的家鳴將軍家坐收了他的功績與成果。

俗話說得好，好了傷疤忘了痛；過慣了太平日子，人們便會淡忘腥風血雨的時代。

不，或許是刻意淡忘吧！

曾幾何時，傳奇刀匠四季崎記紀的名號與支配戰國的變體刀漸漸地被人遺忘；舊將軍搜刮而來的九百八十八把變體刀也只是靜靜地躺在尾張城中，再無用武之地。

然後，

奇策士咎女便是把主意打到了完成形變體刀之上——

若能集齊連舊將軍都未能得手的完成形變體刀，定是大功一件。

如今天下太平，建功立業不易；不過集齊了變體刀，便能助咎女加官晉爵。不，豈止如此——

屆時要取將軍的頭顱，便如探囊取物。

建功即是報仇。

蒐集四季崎記紀的完成形變體刀，便是咎女爬上了崖頂之後想出的終極奇策。當然，她並非親自提議，而是略施小計，讓頂頭上司代為開口。而她的提議雖然不受重視，卻還是被採納了。

然而所謂奇策，即是非大成即大敗；她在蒐集變體刀之際，曾遭遇兩次莫大的失敗。

頭一次，便是與她合力鬥垮否定姬的真庭忍軍背叛。

第二次，則是她找來接替真庭忍軍的幫手——其時投身於幕府麾下的日本第一高手錆白兵背叛。

咎女記取舊將軍的教訓，方能順利奪得兩把完成形變體刀，誰知竟又先後為叛徒所奪，實乃一大失策。這會兒別說要加官晉爵，只怕頭上這頂烏紗帽都快保不住了。

她建立的地位確實固若金湯，但她所用的手段可不怎麼光明正大，只是尚未露餡兒罷了。

幕府之內依舊四處皆敵。

否定姬雖然和咎女一樣本名不詳、來歷不明，但她八面玲瓏，處事圓滑，與咎女大不相同。

咎女若是失勢，決計不能像她一樣東山再起。

然而集刀業已開始，騎虎難下；於是乎，咎女又施了條奇策。

這回的奇策連下策也稱不上，是條下下之策。

她找上了殺害生父飛驒鷹比等的仇人。

她欲請平定大亂之後卻被流放外島的鑢六枝助她集刀，讓虛刀流重現江湖。

要一個不受四季崎記紀變體刀的毒性影響，亦不為錢財所動的劍客來集刀，確實是條奇策；然而對於咎女而言，利用自己的殺父仇人來報仇，乃是迫於無奈之下的最後手段。

於是乎，她遠赴丹後深奏海岸彼端的無人島——不，自從二十年前鑢六枝一家流放該島以來，那座島便不再是無人島，而多了個名字叫做不承島。

此事暫表不提。

咎女原先想請的幫手，是殺害父親飛驒鷹比等的劍客——虛刀流第六代掌門鑢六枝；然而鑢六枝卻已在一年前身亡。

接掌其位的，便是虛刀流第七代掌門——鑢七花。

二十年前，鑢七花年方四歲之時，便同父親一起被流放到不承島上；接下來的十九年間，他被父親當成一把日本刀，日日琢磨鍛鍊。

七花和他爹長得有幾分相像。

雖然時日已久，但咎女仍記得鑢六枝的模樣。

鑢六枝砍下飛驒鷹比等首級的那一幕，咎女從來未曾忘記過。不過七花的個頭似乎比六枝還要高上一些。

如此這般，奇策士咎女選了鑢七花作為自己的刀。

「鑢七花，爾盡可放心愛上我。」

而鑢七花也決定成為奇策士咎女的刀。

「我決定愛上妳了。」

這便是鑢七花與奇策士咎女兩人啟程集刀的開端。

他們首先在不承島上擊敗真庭忍軍十二首領之一真庭蝙蝠，奪回了不折不損的絕刀「鉋」。

接著在因幡擊敗下酷城城主宇練銀閣，奪得了無堅不摧的斬刀「鈍」。

後來又在出雲擊敗三途神社掌理人敦賀迷彩，接收了合千為一的千刀「鎩」。

更在巖流島上擊敗了與真庭忍軍同為叛徒的錆白兵，奪得了脆若玻璃的薄刀「針」。

緊接著又在薩摩擊敗鎧海賊團船長校倉必，接收了防禦力天下無雙的賊刀「鎧」。

隨後前往蝦夷，從凍空一族唯一的倖存者凍空粉雪手中接收了天下間最重的刀，雙刀「鎚」。

後來又在土佐擊敗了鑢七花的親生姊姊鑢七實，奪得了最凶惡的四季崎記紀變體刀，惡刀「鐚」。

最後則在江戶擊敗了保護不要湖的機關人日和號，收回了亦為人偶亦為刀的日和號，微刀「釵」。

前後共奪得了八把刀。

奇策士咎女的集刀大業即將大功告成，而最近集得的一把刀——江戶不要湖的微刀「釵」，卻有另一層意義在。

當年四季崎記紀在現今的一級災害區不要湖鑄劍，由日和號保護他的劍窯；待七花擊潰日和號之後——不，日和號亦為人偶亦為刀，毀壞不得，因此正確說來七花並未擊潰日和號——咎女二人便開始搜找劍窯。

在木片、金屬片與瓦礫填平的不要湖鑄劍，確有四季崎記紀的風範。只要能找到四季崎記紀的劍窯，或許便能得到剩下四把刀——王刀「鋸」、誠刀「銓」、毒刀「鍍」與炎刀「銃」的情報，屆時奇策士咎女的復仇大計便又更進了一步。

以上便是前情提要。

不過——

■ ■

「……什麼也沒有。」

搜索一陣過後，鑢七花如此說道。

雖然他有著千錘百鍊的身軀與無窮無盡的氣力，不過在破爛堆裡挖了一整天，也難免面露疲色；更何況他之前才和日和號激戰多時。

「嗯，是麼？」

在一旁看著七花挖掘的奇策士咎女面露不滿之色。

順道一提，這女人從頭到尾沒出手幫忙過。

「不過這裡確實有人住過的痕跡，看來四季崎記紀的劍窯位於不要湖一事，倒也不是否定姬信口胡謅……只是完全沒有剩餘四把刀及持刀之人的相關線索而已。」

「嗯，也罷，就此打住吧！」

咎女望了微刀「釵」一眼。她將日和號稍作分解之後，便五花大綁，擱在一旁。

「再挖下去也只是白費功夫。」

她說道：

「雖然結果不盡人意，還是走人吧！」

「不用把挖出來的東西填回去嗎？」

「這兒可是垃圾山啊！填不填回去，又有什麼分別？的確，爾收拾了日和號，或許一級災害區這塊招牌是掛不住了，不過不要湖仍舊是不要湖。」

「是嗎？那咱們要回尾張？」

「不。」

咎女搖了搖頭。

「接下來要去天童。」

「天——天童？」

七花聽了咎女這出乎意料的答覆，大為驚訝。

「天、天童是在哪兒啊？」

「爾半點兒記心也沒有麼？真庭忍軍的真庭鳳凰不是說過，陸奧死靈山、江戶不要湖及出羽天童各有一把變體刀麼？」

「哦——哦，我想起來了。」

陸奧死靈山的惡刀「鐚」為鑢七實先一步所奪，不過原來確實是在該地；而不要湖也的確有著機關人日和號這把微刀「釵」，全如鳳凰的情報所示。

不過若要因此相信出羽天童也有一把四季崎記紀的變體刀，卻又太過天真。

畢竟真庭鳳凰可是以卑鄙卑劣為招牌的忍者，虛虛實實、以假亂真乃是他的看家本領；而真庭忍軍又是專攻暗殺的忍者集團，搞不好還在天童設下了陷阱，等著咎女二人上鉤。如果中了他們的計，或許便無翻身之日了。

真庭忍軍雖與咎女結盟，目的畢竟是集齊十二把完成形變體刀，誰知道他們會使出什麼手段？

「……妳不是這麼說的嗎？所以才要在尾張停留一段時日，好蒐集情報。咱們這回到不要湖來也是為了找線索，只是誤打誤撞找到了微刀『釵』罷了。」

「不錯，不過在不要湖毫無斬獲，於我卻是大大不利。如爾方才所言，否定姬的情報句句屬實；那麼沒找到線索，便得歸咎於我無能了。」

「咦？沒這回事吧！說不定是四季崎記紀自個兒把變體刀的線索給銷毀了啊！」

「是啊！我想實情便是如此。不過在朝廷裡，這種說辭可是行不通的。更何況朝中諸位大人對我讚譽有加，我又豈能坦承這一趟毫無收穫？我可不想失了好不容易颳起的東風。」

「哦，原來是官場上的問題啊！」

七花面露厭膩之色。

雖然他願為咎女赴湯蹈火，在所不辭，不過碰上這等難題仍是敬謝不敏。

「很遺憾，正是官場問題。」

咎女斷然說道。

其實她做下這個決定，也是情非得已。

若是單純為集刀大業的成敗著想，她該先回尾張一趟，繼續蒐集情報；不過對她而言，蒐集四季崎記紀的完成形變體刀只是手段，並非目的，不可本末倒置。

「所以我打算回報幕府，謊稱我們在這兒找到了線索。」

「妳的奏章終於完全變成胡謅啦！」

「是啊！早知如此，還不如一開始便胡吹瞎扯算了。」

「啊？妳本來就在胡吹瞎扯吧？」

「不然，我可是有分寸的，不過也到了極限啦！如今幕府開始重視我的奏章，那個惹人厭的否定姬自然也會過目；若是我盡數照實呈報，讓她逮到了把柄，定會借題發揮，又來對付我。」

「那可不成！咱們好不容易進行得這麼順利，不能讓她給破壞了。」

「嗯。否定姬對於集刀的態度，與其他人有所不同……她絕非一時興起而插手，定然另有所圖……當初我撰寫奏章，完全沒料到那個婆娘也會過目，如今追悔也來不及了。」

「這也沒辦法啊！妳哪料得到否定姬能重掌大權呢？」

「是啊！不過這麼一來，便得更注意右衛門左衛門的動向了……」

「嗯……我也很好奇那傢伙在幹什麼。話說回來，這下我可懂啦！咎女，妳謊稱找到線索，不只是為了解決官場問題，還有虛張聲勢之意，對吧？」

「不錯。唉！受人矚目也是有利有弊。過去集刀無人聞問，所以我可以自由行事，不過今後可就不同了，得隨時顧忌旁人的耳目。這個旁人可不限於否定姬一人。」

原來是這麼回事啊！

看來官場問題豈止複雜，根本是剪不斷、理還亂。

不過這檔事七花原本就幫不上忙，交給咎女發落便是了。

這就叫分工合作，七花只要負責簡單至極又淺顯易懂的問題便成了。

「總歸一句話，咱們得謊稱在四季崎記紀的劍窯遺跡裡發現了線索，對吧？那咱們發現的是什麼線索啊？」

「當然就是天童藏有變體刀一事。眼下也只能依賴真庭鳳凰的情報了。」

「可是這說不定是陷阱啊！」

真庭鳳凰是個老江湖，又是叛徒真庭忍軍的頭子，他所提供的情報究竟有幾分可信？

「明知山有虎，偏向虎山行，也是種樂趣。倘若不是陷阱，我們便有現成的便宜可撿，值得賭上一把。」

咎女嘴上這麼說，但在七花看來，卻覺得她似乎頗有把握，並非迫於無奈才做出這個決定。

「……妳是不是知道什麼啊？」

「其實也沒什麼，我只是想起天童有個值得前往一探的道場。」

「道場？」

「嗯。」

咎女用力點了點頭，道出了下一個目的地。

「我們要去的地方，便是出羽天童將棋村內的心王一鞘流劍術道場。」

■　■

到了隔月——

九月。

回到了開頭汽口慚愧所說的話。

「很遺憾，無論兩位有何理由，我身為心王一鞘流的掌門人，絕不能將王刀『鋸』交給外人。」

二章 汽口慚愧

■
■

過去曾上演過長刀與雙刀對決的周防巖流島，坐擁刀大佛的土佐鞘走山清涼院護劍寺，兩者俱是劍客的聖地；而出羽天童的將棋村，則是棋士的聖地。

將棋發源於印度，

平安時代傳入日本。

尾張幕府當權以來，天下太平，除了先前的大亂並無戰事，因此將棋便成了測試軍師實力的方法。換言之，在日本，將棋不光是種室內競賽。

非奇策不出的奇策士亦是軍師，對於將棋自然頗有研究，是以過去也曾數度造訪天童將棋村。

也因此，

她早知道村裡有座心王一鞘流的道場。

■　■

「原來掌門已經換人啦！」

隔天。

咎女二人按照往例，隱藏身分，在村裡找了間客棧住下；他們睡了一晚，洗去風塵，補足元氣之後，又用了早膳。

所謂聖地即是遊覽勝地，因此客棧不但任君挑選（所幸目前並非觀光季節，遊客不多），送到房裡來的早膳也頗為可口。

「換人啦？」

七花用完早膳，放下筷子，想起昨天的事。

座落於村子正中央的氣派道場，以及道場的主人汽口慚愧。

汽口慚愧是個身材高䠷的女子，不過仔細一瞧，倒沒敦賀迷彩那般高大。或許是因為她端莊肅穆，因此看起來比實際上魁梧。

她留了一頭又長又直的黑髮，長度與咎女尚未落髮時差不多。

汽口慚愧體態纖瘦，並不像習武之人，不過七花卻能感覺到那纖瘦身軀散發出來的氣魄。

雖然她談吐溫文有禮，卻予人難以親近之感。

宛如一把出鞘的日本刀——

「她的年歲與爾相仿。」

「那就是二十四、五歲了？嗯……我倒覺得她看上去還要年輕一點兒。女人的歲數我還真是瞧不出來。」

「嗯，爾自然是瞧不出來了。」

「不過我知道咎女的年紀比我小。」

「嗟了！」

七花挨了一拳，

他已經許久不曾乖乖挨打了。

咎女當然比七花年長——

而七花也知道此事。他只不過是在隨口說笑罷了。

也可說是在打情罵俏。

「爾說誰是孩童屬性來著了？」

「不，我沒說啊！」

「我承認，被爾的姊姊斬斷了頭髮之後，我看來更顯年幼……」

「妳犯不著承認啊……」

七花啼笑皆非地搖了搖頭。

對他而言，這事根本無關緊要。

「話說回來，咱們已經很久不曾按部就班地集刀啦！這陣子淨是用些古怪的方法——」

「是啊！這三個月的確是如此。」

凍空粉雪——雙刀「鎚」。

鑢七實——惡刀「鐚」。

日和號——微刀「釵」。

蒐集這三把刀時，心思都是花在其他地方上。

當然，這不是說他們沒把心思放在集刀之上；只不過這段日子以來，他們的確鮮少與完成形變體刀之主正面對談，用的都是旁敲側擊的方式。

「如妳所料，王刀『鋸』確實在心王一鞘流的道場裡面。這算是咱們走運嗎？」

「唔……是福是禍，可說不準了。」

咎女面露難色，抱臂說道。

「說不準？」

「嗯。其實我並不知道王刀『鋸』就在此地，只是認為心王一鞘流歷史悠久，若是一訪道場，或許可打聽到完成形變體刀的消息。」

咎女用膳沒七花快，這才放下了筷子。

「當然，在這兒找到了王刀『鋸』，確實是種運氣；不過王刀『鋸』是由那名女子保管，卻算不上走運。」

「這話怎麼說？」

「我們的目的不是找刀，而是奪刀。在我看來，那名女子——第十二代汽口慚愧絕非好相與的對手。」

「嗯。」

七花亦有同感。

交談不過短短幾句，七花便已明白汽口慚愧與過去遇上的變體刀之主截然不同。

她和真庭蝙蝠、宇練銀閣、敦賀迷彩、錆白兵、凍空粉雪、鑢七實及日和號不一樣——

——是個正氣凜然之人。

「過去遇上的變體刀主人總是陰陽怪氣的，不過汽口卻不然。是因為她意志堅定？還是王刀『鋸』的特性使然？」

「王刀……」

汽口雖然言明絕不交出王刀「鋸」，卻願取刀供咎女與七花觀視。

王刀「鋸」是把木刀。

刀長連柄尚不足三尺。

既為木刀，自然無刀鞘、護手，亦無刀紋，只有整齊的木紋。

說來矛盾，這把刀感覺上年代久遠，卻又嶄新得像是方才鑄成；想來是歷代主人愛護有加之故。

見了這把刀，便可知道歷代汽口慚愧是如何珍視此刀。

可想而知，

要對方讓出王刀，是難上加難了。

「……話說回來，那明明是把木刀，卻說成日本刀，未免太牽強了吧？叫什麼王刀『鋸』，我看根本就是王刀『被鋸』！最近找到的刀連個刀樣兒都沒有，害得我見怪不怪，都習以為常了。」

「別再計較這些了，徒勞心神而已。」

咎女緩緩搖頭，

她早已看開了。

「不過，王刀是把木刀，確實是個盲點，所以才能掩人耳目。王刀『鋸』究竟以何為重點，有何特性，我固然好奇；不過眼下最重要的問題，卻是在於汽口慚愧本身。她一口回絕，態度又如此堅決，看來是沒有談判的餘地了。」

「是啊！正因為她講的是個理字，咱們反而不好造次……咎女，妳認識前一代的汽口慚愧吧？是現任汽口慚愧的爹嗎？」

「不，聽說她父親英年早逝，應該是祖父。先前我還頗為好奇後繼問題該如何解決，原來是傳位給孫女啊！想當然耳，前一代汽口慚愧應該也已經過世了。」

「說不定只是退位而已。不過瞧她一個女人家獨自在道場生活，或許真是死了吧……話說回來，咎女，那座道場那麼大，卻只有汽口一個人；咱們上門的時候應該是練武的時間，怎麼不見半個弟子？」

「唉！爾真是哪壺不開提哪壺。」

咎女面露難色，顯得有些難以啟齒。

「這件事得從這座村子的歷史說起，不過說得太複雜呢，爾聽了又嫌乏味；嗯……好吧！我就簡單扼要地說明一番。七花，其實從前這一帶習劍風氣極盛。」

「哦？看不出來啊！」

七花倒覺得此地文風較盛，見了心王一鞘流的道場座落於村莊正中央，只覺得格格不入。實際上，村裡的劍術道場也只有這一座。

「我說的是從前，已經是很久以前的事了，七花。戰國時代結束，歷經舊將軍統治時期，進入尾張時代之後，劍客再無用武之地，自然得配合時代改變生活方式。換言之，劍術已經衰敗了。」

「衰、衰敗……」

咎女說得太過直接，教七花一臉錯愕；不過她依舊不改口吻，繼續說道。

「這是事實。當然，天下間倒也不是沒有像爾、宇練銀閣或真庭忍軍這般不懂得改變生活方式的傻子，不過這座村子裡的劍客可不然。所幸這裡有個物事能夠代替刀劍——」

「就是將棋嗎？」

此地是棋士的聖地。

無人島上生長的七花自然不懂將棋，不過只消在這裡過上一晚，便明白這種競賽在這村子裡的地位。

客棧裡的客房桌上便擺著將棋盤；倘若這裡有座將棋大佛，七花大概也不會驚訝吧！

「所以這裡的人都棄絕了刀劍？」

「也有未棄絕者。這當中最後一個未棄絕刀劍的人，正是第十二代汽口慚愧。」

心王一鞘流乃是個連幕府都知曉的名門大派。

如今卻落得無人拜投、無人繼承的地步，只剩下格局恢弘的道場及王刀「鋸」。

「……難怪她不肯輕易把刀給咱們了。那把刀可是門派的榮耀，傳統的證明啊！」

「不錯，因此談判就更難了。」

「套用在虛刀流之上，便等於是要我交出一條手臂一樣。」

「……不，我想沒這麼嚴重。」

如果比作手臂不恰當，那麼或許該比作心才對——

七花暗暗想道。

「那是什麼時候的事啦……？對了，是在和宇練銀閣交手之前。咎女，那時候妳曾問我：『倘若持刀者為良善之人，爾欲如何？』指的便是這種情況吧？」

「汽口慚愧是否為良善之人姑且不論，不過情況確實相近。倘若她和粉雪一樣肯與我們談判，那倒不成問題；不過看來是沒指望了。」

「嗯。」

七花點頭。

「依她的個性，只怕也不肯拿刀當賭注跟我一決勝負。她雖然執意不肯交出王刀『鋸』，可是對其他的完成形變體刀並沒興趣，和敦賀迷彩不同；而要說她會像校倉必一樣要求刀以外的東西嘛，似乎又不然。」

「用得著爾說麼？唉！對我而言，像她這樣的人最難應付了——無欲無求，高風亮節。王刀是把怎麼樣的刀，我不清楚；不過她確實是個遵行王道之人。」

「前一代汽口慚愧也是這樣嗎？」

「我並未見過他，因為我身為奇策士，向來避免與習武之人來往；不過我曾聽說他是個了不起的劍客。連不問武林事的我都聽過他的名號，可見得他有多大名氣。或許這位前輩也知曉虛刀流呢！不過現任掌門年歲尚輕，倒是不知虛刀流的來頭。」

「看來虛刀流在這二十年間真的變得沒沒無名啦！」

雖然並非想追求知名度。

不過身為「現任掌門」，七花覺得有些落寞。

「唉！這也是無可奈何之事。好了，這下子該如何是好？事情演變至此，我還真寧願王刀根本不在天童。」

咎女喟然長嘆。

聽了咎女這番話，七花又想起另一件事。

「這麼一提，真庭鳳凰給的情報竟全都是真的。否定姬重掌大權之事屬實，姊姊的消息也是半分不虛。」

忍者的情報全數正確，反而更該提防。

這道理連七花也懂得。

換言之，

他們肯拿這些情報作交換，定是背後另有更大的圖謀。

「的確，看來他們並未在此設下圈套，不過我可不認為他們是真心結盟。或許他們是有十足的把握吧！」

「十足的把握？」

「搶在我們之前奪得剩餘三把刀——誠刀『銓』、毒刀『鍍』及炎刀『銃』的把握。老實說，真庭忍軍有多少本領，連我也不清楚。」

「不過這對妳來說反而有利啊！妳不是說過，那些下落不明的變體刀就交給他們去蒐集，之後雙方再賭上手上的變體刀，一決勝負，這樣不是來得省事許多？」

「這也是一個辦法，不過不見得能如此順遂。就眼下的狀況看來，我們可不能太過樂觀。再說，即使要這麼做……」

奇策士咎女帶回正題。

「我們也得先奪到鳳凰相告的這把王刀『鋸』才成，否則豈不是顏面盡失？」

咎女一面說道，一面朝著桌上的將棋盤——不，是朝著棋盤上的棋盒伸出了手。

她打開盒蓋，隨手取出了一顆棋子。

「看來只能從這玩意兒著手了。」

「妳說的『這玩意兒』……指的是將棋？」

七花不解咎女之意，問道：

「怎麼個著手法？」

「算我們走運，這個村子一向用將棋來解決所有紛爭。」

雖然找到了王刀「鋸」，但目前的情況著實稱不上有利；饒是如此，咎女依然面無懼色，笑著答道。

■
■

以心斬心鬼。

故以慚愧為名。

翌日，七花與咎女二人再度造訪心王一鞘流——第十二代汽口慚愧的道場。

他們叫了片刻的門卻無回音，不得已兩人只好擅自入內。門內傳來了氣勢磅礴的呼喝聲，可見屋中應該有人在；果不其然，汽口慚愧正在道場之中練劍。

她一個人，站在道場正中央，反覆揮著木刀，

而那把木刀似乎便是王刀「鋸」——七花又生了以往見到完成形變體刀時

產生的共鳴感。事實上，前天汽口慚愧取刀供咎女二人觀視之時，若非七花產生共鳴，他們也不敢確定眼前的便是王刀。

如今七花已成了不折不扣的完成形變體刀鑑定人。

話說回來，

七花原以為汽口慚愧平時定然將王刀「鋸」藏而不用，沒想到她竟會拿來練劍……

「喝！哈！嘿！」

汽口大聲呼喝，將手中王刀「鋸」揮得虎虎生風。

七花瞧她滿身大汗，不知已持續練了多久——只見她的姿勢端凝如山，法度嚴謹，每一次揮舞木刀的動作都是不偏不倚，沒有絲毫差錯，簡直過於完美。

無論是實戰或練武，七花過去碰上的劍客——宇練銀閣、錆白兵、劍客出身的敦賀迷彩、虛刀流的鑢六枝、不世出的天才鑢七實，以及在京都道場和一路上交手過的劍客，每個人揮起劍來總留有些許餘裕及玩興；不過汽口卻不然。

她的每一劍都是全力以赴，極盡所能——

直到氣竭力衰方休。

一口氣弄岔了，或許便會走火入魔。

——果然不是好相與的對手。

七花暗暗想道。

不愧是完成形變體刀的主人。

她拿王刀練劍，或許正代表她將練武看得有多重。

雖是木刀——卻非常認真。

「…………」

如果和汽口慚愧正面交手，只怕又是一場苦戰。

照理說，對手是個不使鬼蜮伎倆的正派劍客，七花應該慶幸才對，但他卻難以樂觀。

話說回來，

眼下決鬥之約尚未成立；汽口成不成得了七花的對手，全得取決於咎女的談判手段。

「喝！哈！嘿！」

汽口繼續練劍，對擅自進入道場的咎女與七花二人完全沒有反應——不，應該說渾然不覺才對。

練劍時全神貫注若此固然了得，不過未免有欠防備。

咎女二人錯過了出聲的時機，只能茫然地繼續觀看汽口慚愧練劍。直到練完劍後，汽口慚愧才發現了他們倆的存在。

「……咦？」

她一面以手巾拭汗，一面愣愣地問道：

「兩位是前天來過的——」

「……打擾了。」

咎女說道。

無論咎女再怎麼端架子，這聲問候還是顯得極為尷尬。

七花也不由自主地跟著低下了頭。

然而汽口面對這兩個不速之客卻仍不失禮數——她也端端正正地行了個禮。

然後才抬起頭來說道：

「失禮了，我這就入內更衣，再來招呼二位。」

「不，沒關係，就這麼說話吧！」

咎女說道。

順道一提，咎女早在前天便已表明自己乃是尾張幕府家鳴將軍家直轄預奉所軍所總監督，並直言幕府為了安定天下而徵收變體刀之意。

咎女原以為依汽口的性子，只要這麼說，便會乖乖交出王刀「鋸」；然而她想得太美了。

汽口的答覆便如前文所述。

「咎女姑娘。」

汽口的口吻彬彬有禮，但堅決依然。

「無論兩位再來幾次，我還是不會交出王刀的。這把木刀乃是我心王一鞘流的鎮派之寶，亦是掌門信物。」

「嗯，我明白，我也不願重提舊話。不過我們不能因為爾的一句話便乖乖打道回府，這個道理爾應該也懂得吧？」

「假如兩位想動武——」

汽口慚愧立即舉起木刀。

「我隨時奉陪。」

「別、別這麼激動。」

咎女見狀，不由得直冒冷汗。

汽口應該不是個莽撞之人，可也未免太性急了。

她的態度決絕若此，毫無談判餘地。

這回的目標是把木刀，萬萬不可輕易動武；縱使王刀不若薄刀「針」脆弱，可強度還是不比一般日本刀，一個不小心，只怕會斷為兩截。

若是刀斷了，還談什麼集刀？

如果要動武，自然得在雙方同意的情況之下一對一決鬥，才是上策！

「我只是希望汽口姑娘能給個機會，別教我吃閉門羹，這樣對上頭不好交代。」

「…………」

「只消我稟告朝廷，說汽口姑娘才德兼備，武功過人，與王刀『鋸』相得益彰，這件事便能圓滿落幕了。」

「是麼?·不過——」

汽口面露難色——這種反應可不大妙。瞧她的表情，似乎正在盤算著如何把這兩個開始胡攪蠻纏的客人給趕回去。

不過咎女卻趁機進攻。

只要對手一有遲疑，便是她趁虛而入的好機會。

「所以了，汽口姑娘，我希望爾能和我比一盤將棋。若我得勝，便請汽口姑娘以王刀『鋸』為賭注，和這位虛刀流第七代掌門鑢七花比武。」

三章 門徒

■ ■

結果是一敗塗地。

這並不是說奇策士咎女的棋藝不如汽口慚愧。咎女一如計畫地，贏了棋局。

用將棋解決所有紛爭——

這話聽來誇張，卻是天童通用的規矩。當然，饒是將棋聖地，亦有不諳將棋之人；倘若汽口慚愧即是這類人，這個方法便不管用了。不過眼尖的奇策士在前天拜訪道場時，瞥見了擱在牆角的將棋盤。

如果咎女提出的條件是「與鑢七花決鬥，若七花獲勝便交出王刀『鋸』」，汽口定會拒絕；而汽口一旦拒絕，咎女二人便只剩強奪一途。

屆時汽口為了不讓王刀落入他人之手，說不定會狠下心來毀刀；因此咎女不敢貿然提出這種條件，而是多加了道緩衝。

這道緩衝便是將棋。

咎女並不直接以將棋為條件；她與汽口對奕，若是勝了，只要求汽口與七花比武，藉此引誘汽口妥協。

站在汽口的角度觀之，她與咎女對奕，贏了便萬事解決；即便輸了，只要和七花比武時得勝，仍可保住王刀「鋸」，風險不高。

心王一鞘流所傳乃是活人劍，是個不好爭鬥，只以鑽研劍法為務的門派；不過這並不代表汽口的劍法不如一般殺人劍。光看她練劍，便知她是個高手。

汽口的棋藝如何，咎女無從得知；但她既然住在此村，又好奕棋，想必是小有自信。

現在給了她一個趕走幕府使者的好藉口，她答應的機率應是不低；而只要她答應，咎女二人奪得王刀「鋸」的機率便大為提高。

咎女棋藝之精，在幕府之內可說是有口皆碑。

她從前造訪此村，為的固然是軍師的任務，一方面卻也是為了一睹將棋聖地的盧山真面目。這於她而言，乃是種相當罕見的行為。

雖然咎女只當將棋是種軍師的消遣，但棋藝卻是非同小可；而她與汽口對奕之後，發覺對手亦非泛泛之輩，只不過還略遜她一籌。

然而咎女並未顯示自己的實力。

一百七十八手。

咎女下棋並不記棋步，因為她認為無甚意義。終歸一句，她刻意下了局平分秋色、有來有往的棋。對咎女而言，她的對手不是汽口，而是棋盤；要在棋盤上隨心所欲地操縱局面，決計不是件容易之事。

咎女不能將汽口殺得片甲不留，以免引起汽口不快，壞了大事。這場對局只是蒐集王刀「鋸」的前哨戰，萬萬不可喧賓奪主。

話說回來，以汽口棋藝之高，其實咎女也無須過分手下留情；至少用不著像在幕府之內奕棋時一般大放其水。

「技不如人，甘拜下風。」

汽口敗得心服口服，認輸認得極為乾脆。咎女見狀，不由得暗想：「早知她是如此爽快之人，我大可使出全力。」

說歸說，咎女真正的用意不在奕棋，接下來才是重頭戲。

只是任誰也沒想到這齣重頭戲卻成了鬧劇，而原因竟是因為汽口為人正直無私之故。

奕完棋後，汽口立即起身說道：

「請。」

她身著道服，而王刀「鋸」在對奕之時便放在手邊，片刻未離其身；換言之，她隨時可以上場與七花比武（七花完全不懂將棋，咎女與汽口對奕之時，他一直無所事事）。

由這一點也可看出她的豪爽直率。

至此，咎女不由得對第十二代汽口慚愧生了好感。

或許是因為直到此刻，她才有心思去觀察對手。畢竟棋藝不是照面便能斗量，咎女雖然自負棋藝過人，卻也沒有勝過汽口的十足把握。

「下了這麼久的棋，想必汽口姑娘也累了，不妨先小憩片刻。」

「不，用不著休息。」

汽口凜然說道：

「我也是習武之人，武士一言既出，駟馬難追。這就賭上王刀『鋸』這塊心王一鞘流的招牌，一決勝負吧！」

汽口便如扣在弦上的箭，蓄勢待發，確實無須休息。

「那就閒話休提……」

相較之下，七花則是一派輕鬆，起身（他先前一直躺著）除下了護腕。

至於草鞋，早在他進道場時便已脫去了。

這下子優哉游哉的七花也和汽口一樣蓄勢待發，隨時可上陣。

「立刻開打吧！仔細一想，自從離開京都以後，我還沒和使木刀的人打過呢！妳放心，那把刀對咱們來說也很重要，我會在不傷著它的情況之下分出勝負。不過屆時只怕妳已被大卸八塊。」

這句口頭禪用得太早，教咎女略感不安；果不其然，她的預感立即應驗了。

「好。七花公子，我見你並無準備木刀及護具，不如就用道場裡的吧！」

汽口慚愧理所當然地說道。

「咦？」

七花一臉錯愕。

「木、木刀和護具？」

「對，別客氣。過去本門派徒如雲，多的是木刀與護具；雖然淨是些舊東西，但我勤於保養，完好如新，公子不用擔心。七花公子人高馬大，合身的護具或許不多，但還不至於沒有。」

「不、不是──」

七花難掩困惑之色。

「這話該怎麼說才好呢……我不用兵刃和護具的……」

「什麼？」

聞言，原就目光如電的汽口眼神變得更為犀利。

「你在胡說什麼？不穿護具比武，若是受了傷，該如何是好？」

「受、受傷了就……」

「更何況不用兵刃，未免太瞧不起我！」

「不是的，虛、虛刀流……」

對了，汽口不知虛刀流的來歷。

「虛刀流的精義，便是將身體化為一把日本刀，所以呢，換句話說，我不用刀劍也能打的。」

「若是你再繼續胡說八道，我可要生氣了。」

汽口不容分說，完全不聽七花辯解。

七花有口難言的樣子。

「可、可是——」

「不用刀劍還叫劍客麼！」

用不著七花再多說隻字片語，汽口已經生氣了。

「難道你要我對一個身無護具、手無寸鐵的人動劍麼？根本是侮辱我心王一鞘流！」

「…………」

「若你堅持不用兵刃護具，便請回吧！我絕不恃強凌弱！」

七花望向仍坐在棋盤前的咎女，示意她相助；然而眼前的狀況亦在咎女的意料之外。

七花不攜兵刃，因為他自己就是兵刃。

將虛刀流的無刀劍法當成拳法的人不少，可咎女萬萬想不到居然會有人因此拒絕決鬥。

一般人見對手手無寸鐵，往往心生大意；即便是知曉虛刀流來頭的人，也難免萌生輕慢之心。當然也有狡獪如敦賀迷彩者，利用虛刀流的路數來設下圈套。

沒想到汽口慚愧卻是反其道而行，逼迫七花用劍——！

「……七、七花。」

「啊，是！」

「抱歉，我無計可施。」

「…………！」

既然是以堂堂正正對決為前提，自然不能拒絕汽口的要求。

於是乎，不使刀劍的劍客鑢七花被迫持木刀上陣——

結果當然是落得一敗塗地。

■　■

鑢七花啟程集刀以來，曾吃過兩次敗仗；一次是蝦夷踊山的凍空粉雪之戰，一次是土佐護劍寺的鑢七實之戰。雖然咎女認為只要集得變體刀就不算失敗（再說，粉雪之戰便罷，七實之戰可是在事後雪了恥），不過敗仗畢竟是敗仗。但這回敗給汽口慚愧可不同了，就連七花本人也不知該如何看待這次的失敗。

要消沉喪志也不是，坦然以對也不是。

離開道場，回到客棧之後，七花心裡仍是五味雜陳；不過和咎女相比，他的心緒還算平靜了。咎女身為軍師，沒料到汽口會有此反應，導致七花慘敗，可說是失策甚矣。即便七花無怪罪咎女之意，咎女仍是自責不已。

話說回來，想必汽口作夢也想不到——這世上竟有拿了劍反而蹩腳的劍客。

虛刀流起源於戰國亂世，開山祖師即是同為第一代掌門的鑢一根。他見日本刀既長又重，固然利於殺敵，卻也不利殺敵，長短處互為表裡，常引以為憾。

某日他轉念一想：倘若有把不長也不重的刀，豈不是天下無敵？

要成為最厲害的劍客，便得棄絕刀劍。

於是他捨去了刀劍，隱居於深山之中，將自己鍛鍊成一把日本刀，創立了虛刀流這個門派。

不過這段故事背後卻有個祕密，乃是奇策士咎女聽七花說了之後才知曉的。其實鑢一根是因為毫無使刀弄劍之能，不得已才棄絕了刀劍。

想不到虛刀流這個神祕的門派竟有這麼一個可笑的祕密。

而鑢一根的「毫無使刀弄劍之能」，也遺傳給了他的後代子孫。別說是前代掌門鑢六枝，就連天才鑢七實也未能逃離這個魔咒；至於鑢七花便更是無庸贅言了。

鑢七花曾因毫無使刀弄劍之能而撿回了一條命，不過這回的情況正好相反。

持木刀比試——不過多了這個條件，過去打遍強敵，擊敗錆白兵，奪得日本第一高手之位的七花便完全不是汽口的對手。

礙事的不只木刀，護具亦然。

汽口相借護具，乃是出於一片好意，但對七花而言卻形同枷鎖。他早已習慣赤膊赤腳應戰，穿上了護具只是礙手礙腳而已。

手上多了把兵刃，身上多了套護具，已教七花施展不開手腳，偏生又有個玩意兒來雪上加霜。

那便是規則。

汽口與七花的比試處處受到劍道規則的限制。七花過去的比試全無規則可言，頂多是開始時喊聲「比武開始」，結束時喊聲「勝負已分」而已。

不過這回可不同了，舉凡開始線、場外、架勢，汽口樣樣指示，無一遺漏；唯一相同的，只有公證人仍是咎女這一點。

七花沒有犯規觀念；雖然他不像真庭忍軍一般把卑鄙卑劣當成招牌，卻也認為實戰之中沒有犯不犯規可言。而他這個觀念可害他栽了個大觔斗。

虛刀流是殺人劍，

心王一鞘流卻是活人劍。

兩者的差異在這回的比試之中明明白白地顯現出來。

汽口的劍法乃是用於比試，並非用於殺人，目的在於修身養性。

無論是理念或宗旨，都與虛刀流大相逕庭。

當然，心王一鞘流於實戰之際亦會動用真刀，不過如今天下太平，豈有實戰的機會？

唯一的例外，便是造就了虛刀流第六代掌門鑢六枝這個英雄的戰事——飛驒鷹比等掀起的大亂；然而當年心王一鞘流並未參戰。

此亦當然，當時心王一鞘流門下弟子已是寥寥無幾，而掌門人第十一代汽口慚愧年老力衰，無力征戰。

換言之，長年以來，心王一鞘流用的都是木刀。

這麼一來，勝負自是再明顯不過了，而結果果然不出所料。

七花武功底子深厚，雖不致因受限於規則而一路挨打，但刀法之拙劣，卻是連外行人都瞧得出來。就連咎女也覺得慘不忍睹。

她甚至懷疑自己的刀法還比七花強上幾分。

能讓自詡弱如紙門、力不及兔的咎女有此反應，也可說是空前絕後了。

「……話說回來，我是聽爾提過……」

回到客棧之後，他們倆沉默了好一陣子；最後咎女耐不住沉重的氣氛，終於開口說話。

她本想另覓話題，卻又覺得欲蓋彌彰，還是有話直說了。

「沒想到爾當真不會用劍。」

「嗯……」

七花無力地點了點頭。

「這究竟是何道理？爾這種體質，遠比變體刀還要教人匪夷所思。嫌護具礙事，我還能理解；但如汽口所言，天下間豈有拿了兵刃反而變弱的道理？難怪她要認為爾在推託。」

咎女說道。

七花一臉無奈。這本來就是個七花無法說明的問題；假如他答得出自己不會用劍的理由，早就克服這個弱點了。

再說，若是七花能用劍，還叫虛刀流麼？

「不過這麼一提，爾在不承島上是如何練武的？我從以前就覺得奇怪，虛刀流中應該也有須用刀劍餵招方能習得的招數吧？」

「這類招數我不會。」

七花答道：

「我應該也說過，不承島上嚴禁攜帶刀械入島；我頭一次看見的真刀，便是真庭蝙蝠所持的絕刀『鉋』。不過招式的心法我記得，來到本土以後，就在實戰裡邊打邊學。」

「原來如此，難怪爾的招數越打越多……我還以為是爾不斷地自創新招呢！」

「我姊姊就不一樣了，她知道了心法，便等於學會了招數。」

「她也未免太天才了……」

消除了一個無關緊要的疑惑，並無助於解決眼前的問題。

「好啦，現在該如何是好？」

咎女抬頭仰望天花板，故作輕鬆地說道：

「眼下的狀況雖然像是個愚蠢的玩笑，卻是個不折不扣的事實。唉！這一路上一帆風順，我早料到不久之後必有難關，想不到竟是這種難關。汽口並無惡意，反而難辦。」

「如果這是她設下的計，我也只能甘拜下風啦！」

七花說道：

「不站在對等的立場之上便不願比武，也不願對手受傷——真是麻煩的性子，完全不似中了四季崎刀毒之人。」

「或許她並未中毒。」

見過汽口比武之後，咎女更加確定汽口與先前的變體刀之主截然不同。她既無狂性，亦無妖氣。

勉強說來，她和天真爛漫的凍空粉雪最為相近。不過粉雪是在遇見咎女與七花之後才成為變體刀的主人，時間還不足以讓毒性擴散；但汽口從前任掌門手中繼承王刀「鋸」已有一段時間——

「……或許這便是王刀『鋸』的特性。」

「什麼特性？」

「不帶毒性的四季崎之刀。此刀無毒，正是王者的證明。」

「不過這和變體刀的定義並不相符啊！」

「或許四季崎記紀正是想鑄一把不合定義的刀。看了先前各把變體刀便知，四季崎記紀這個古怪刀匠很喜歡例外。又或許是爾太不濟事，引不出汽口的真本事，王刀的特性沒有發揮的機會，所以我們瞧不出來。」

「慚愧。」

七花露出苦笑。

「說歸說，這回和輸給粉雪及姊姊的時候不同，我倒不怎麼懊惱。手拿木刀、身穿護具，還有一堆規則綁手綁腳，要是贏了才不叫虛刀流呢！」

「是啊！不過，七花。」

咎女決定先問個明白。雖然問了無濟於事，總得解決這個疑惑。

「爾在不穿護具、不用兵刃且沒有規則的情況之下與汽口交手，能取勝麼？」

「……可以踢腿嗎？」

「踢腿、架拐子、使頭錘都行。」

說到此，咎女略微遲疑，但轉念一想，只是假設而已，便又狠下心繼續說道：

「也不用手下留情，必要時殺之無妨。」

七花聽了，略微思索。

「唔……」

然而他的結論卻是——

「不知道。」

七花答道：

「如妳方才所言，我根本沒能引出汽口的真本領，不知道她的武功修為如何。」

「但憑印象評論即可。」

「我對她的印象也不深啊！不過……嗯，比起比武時的印象，或許練劍時的印象還要來得有參考價值。」

「哦？」

「我瞧她練劍之時毫無破綻，就像條拉緊的弦一樣。」

七花回想起當時的情景，一面揀選言辭，一面說道：

「威風凜凜，有股懾人的氣魄。我還是頭一次見到如此認真練劍之人。」

咎女亦有同感。

這一路上，咎女與七花看過形形色色的劍客，但從未見過如此投入劍道之人。對他們而言，劍法只是手段，並非目的；即便是運劍如神的錆白兵，也只想著要用劍來達成目的。

不過汽口卻不然，劍道便是她的目的，亦是她的目的地。

對於七花這種漫不經心、隨波逐流的人而言，這種專心致志之人確實是種威脅。

順道一提，七花會為一心復仇的咎女吸引，亦是出於相同的道理；不過此時咎女並未想到這一節之上。

她也無須去想。

「所以我認為即使我空手赤腳，準備萬全，還是免不了一番苦戰。汽口的武功應該不及錆和我姊姊，不過與其餘變體刀之主相較，卻是名列前茅。」

「嗯。」

「排名第一和第二的仍舊是鑢七實與錆白兵，汽口則可列入第三到第六之間。」

左右田右衛門左衛門曾說過，越是善於使計弄策的人，七花越不懂得應付；然而汽口並非使計弄策之人，七花竟也覺得棘手？

果然可怕。

「……我開始犯頭疼了。爾一拿木刀便蹩腳不堪，我卻得設法讓爾在這種情況之下勝過汽口那般高手麼？」

這句話可不是誇飾，咎女真的開始犯頭疼了。

眼下的狀況完全出乎她的意料。

「妳沒有任何招式上的建議嗎？就像對付錆、我姊姊和日和號那時候一樣。」

「我不懂武功，出太多招式上的建議反會弄巧成拙。就拿在薩摩奪賊刀『鎧』的事來說吧！我提議的穿甲招數不就對校倉必不管用麼？」

「哦，是有這麼回事。」

「再者，我在錆、七實及日和號之戰時所出的奇策，全是建立於爾的武功之上；爾的武功無法發揮，我便無著可下啦！」

「無著可下——」

當真是鑽進了死胡同。

咎女並不是刻意說雙關語，不過七花卻聯想到了將棋，問道：

「這麼一提，汽口的棋藝如何？」

「還不差。如果她沒選擇劍道，專心於將棋之上，定能成為一個高手——

一個我望塵莫及的高手。」

「哦？有這麼厲害啊？」

七花略感驚訝。

「這就是所謂的文武雙全了？」

「文武雙全……或許是吧！雖然有人說文武無法兩全……」

「我是武，咎女是文，咱們齊心合力，才能順利集刀；若是我的武被封住了，可就不妙啦！」

「豈止不妙，是糟糕至極。」

「不過單論文，妳還略勝一籌吧？」

「是啊！不過汽口一心練劍，棋藝還能如此了得，實在教人欽佩。」

「妳想同一招還能再使一次嗎？」

七花問道。

原來汽口的棋藝只是個引子，七花真正想問的是這個問題。

「只要妳對奕贏了，汽口便得和我一決勝負那一招。」

「靠我的三寸不爛之舌，或許還能再使一次……」

靠將棋解決所有紛爭，是這個村子的規矩。

「……不過再使一次，又能如何？爾敗得如此悽慘，橫豎是得不到王刀『鋸』的。」

「不能設法說服汽口取消那些條件嗎？她儘管拿木刀、穿護具不打緊，但要讓我空手上場——」

「辦不到，她不會接受這種條件的，就算我讓她六子，贏了棋局也不成。若是反過來不許她用兵刃護具，或許她反而會答應呢！我瞧她的性子，便是寧願損己，絕不損人。」

「…………」

「像我這種工於心計的人，實在很難理解世上為何有她那種人。」

「這就是所謂的正派人士？」

「正派到這種地步，反而不像個活生生的人啦！這會兒我可明白心王一鞘流沒半個弟子的理由了。說歸說……」

此時，咎女突然打住了話頭。

走廊之上有腳步聲。現在還不是用膳時間，應該不是店小二前來送晚膳。

那麼會是誰？

咎女腦中浮現了各種可能性，然而她尚未理出頭緒，門外便傳來了一道聲音：

「冒昧打擾了。」

聽了這彬彬有禮的談吐，咎女立刻明白了來者是誰。她說了聲請進，而進房來的果然如她所料，正是汽口慚愧。

汽口慚愧依然穿著道服，不過在道場時，她身上的道服汗水淋漓，現在卻變得乾燥清爽，顯然是更換過的。

原來她就算更衣，換上的也是道服。

道服即是便服，不愧是個鐵錚錚的武人。她若是穿上小袖定然標緻可人，實在教人惋惜。

汽口目光凌厲，表情肅穆，望著席地而坐的咎女與七花。

「怎——怎麼了？汽口姑娘。」

咎女雖感困惑，仍不忘對汽口勸座，然而汽口卻婉拒道：「不勞費心，我一會兒便會告辭。」

咎女曾告訴汽口他們投宿之處及所用的假名，因此汽口能找上門來並不奇怪；不過如今勝負已分，她來此有何意圖？

汽口的來意正是與比武有關。

「咎女姑娘，我是為了先前的比試而來的。」

「呃，嗯。」

「我認為先前的比試有失公允。」

汽口說道：

「咎女姑娘和七花公子離去之後，我想了又想，七花公子的武功如此低微，與我比武並不公允。」

「…………」

「既有不公，便該改正。」

汽口慚愧凜然說道：

「我想收七花公子為徒，親自傳授他武功，之後再重新來一場堂堂正正的比試，不知二位意下如何？」

四章　真庭鴛鴦

■
■

專事暗殺、特立獨行的忍者集團真庭忍軍，乃是由十二個首領共同統御。

「冥土蝙蝠」——真庭蝙蝠。

「反話白鷺」——真庭白鷺。

「鎖縛食鮫」——真庭食鮫。

「獵頭螳螂」——真庭螳螂。

「無重蝴蝶」——真庭蝴蝶。

「棘刺蜜蜂」——真庭蜜蜂。

「神禽鳳凰」——真庭鳳凰。

「倒捲鴛鴦」——真庭鴛鴦。

「查閱川獺」——真庭川獺。

「長壽海龜」——真庭海龜。

「增殖企鵝」——真庭企鵝。

「傳染狂犬」——真庭狂犬。

過去與尾張幕府密切來往的十二首領，如今只剩下真庭鳳凰、真庭鴛鴦、真庭企鵝三人，全是以鳥為名的首領。

這三人久別重逢，於伊豆的某個荒僻山丘上齊聚一堂。

這地方既非舊真庭里，亦非新真庭里。他們曾發下毒誓，不集齊十二把四季崎記紀的完成形變體刀，絕不回故里。

上次會合之時，真庭忍軍尚有六名首領；但每會合一次，人就少去一半，十二人變為六人，六人又變成了三人。

光依數目判斷，真庭忍軍可說是已然潰不成軍。

不過——

「這就是毒刀『鍍』？」

真庭鴛鴦望著如聖劍一般插入地面的刀，感觸良多地說道。

那是把收在鮮豔刀鞘之中的長刀，與真庭忍軍曾經奪得的絕刀「鉋」一樣，並無護手；刀尚未出鞘，卻猶如散發著毒氣一般，教人手不敢觸，目不忍視。

鴛鴦不是劍客，便已有如此感受；不知一流的劍客見了此刀，會作何感想？

如果真庭海龜在此，又會有何看法？

「嗯。」

真庭鳳凰點頭。

「這是用川獺的左臂找到的，錯不了。如企鵝的情報所示，這把刀便藏在富士樹海的洞穴之中。」

聞言，鳳凰身旁的真庭企鵝身子一顫；他這一顫不像是因受到褒美而歡喜，反倒像是害怕受到責備。

企鵝的膽小真是怎麼也改不過來啊！鴛鴦暗暗想道。

「在那麼惡劣的環境之下——」

鴛鴦姑且不管企鵝之事，坦言感想。

「——真虧這把刀竟能不鏽不蝕，保存至今。」

「或許那兒反而是個好環境。」

「咦？」

「也許這把刀並非是保存，而是封印在那個洞穴之中。在洞穴裡，這把刀的妖氣便不至於散布到外界去。或許這就是四季崎記紀之刀的本色吧！鴛鴦，吾得先提醒汝，萬萬不可拔出此刀。」

「…………」

用不著鳳凰提點，鴛鴦也不會這麼做。這把刀尚未出鞘，便已散發著如此可怕的毒氣，若是將其拔出，後果不堪設想。

鴛鴦見到絕刀「鉋」時並未有這種感覺，可見得四季崎記紀所鑄的變體刀並非把把皆是如此。

這不是完成形變體刀的共通特性，

而是毒刀「鍍」的特性。

「吾以川獺的手臂觸碰刀鞘之時，可是大吃一驚啊！絕刀『鉋』的特性是不折不損，鋒利絕倫；而這把毒刀『鍍』的特性，竟是其餘變體刀望塵莫及的毒氣。」

鳳凰失聲大笑。

「哈哈哈！」

「怎，怎怎……」

聽了鳳凰的笑聲，企鵝更顯得害怕。

「怎麼了？鳳凰大人。」

「沒什麼，吾只是覺得可笑。吾等真庭忍軍在這場集刀之爭裡，可說是占了下風；奇策士與虛刀流掌門如今已集得了七把刀，現正著手奪第八把刀。在這等絕望的關頭，想不到竟是吾等搶先奪得了這把最像變體刀的變體刀，實在是一大諷刺啊！」

毒刀「鍍」毒性之強，居所有變體刀之冠。

既然真庭鳳凰這麼說了，鐵定錯不了。

鳳凰的忍法繫命厲害非常，能將親手切下的旁人肢體連同能力納為己用；他現在所用的，乃是真庭川獺的左臂。真庭川獺亦是真庭忍軍十二首領之一，所用忍法為忍法記錄回溯，只要觸碰物體，便能讀取物體之上的紀錄與記憶。

鳳凰便是靠著這條左臂解讀了毒刀。

天才鑢七實前往死靈山奪取惡刀「鐚」之際，曾憑著「眼力」看出了刀的特性及用法；真庭鳳凰對毒刀「鍍」所為之事便與其相仿。

「這下子縱使稱不上勢均力敵，也可與奇策士一較高下了。」

「……可、可是……」

企鵝說道。

這名貌似童子的忍者雖然總是怯怯喬喬，但向來有話直說，直言不諱。

若非如此，又豈能當上十二首領？

「有、有的並不淨是好消息……海龜大人……海龜大人不但沒奪到四季崎記紀的完成形變體刀，反而丟了性命……」

「丟了性命……」

鴛鴦聽了企鵝之言，喃喃說道。

她想起了真庭蝴蝶。

真庭蝴蝶為了奪取完成形變體刀，與真庭蟲組的兩位弟兄——真庭螳螂及真庭蜜蜂一同前往不承島上綁架鑢七實，卻反而栽在鑢七實手上。

真庭蝴蝶乃是鴛鴦的情人，他們說好待解決了「最後的差事」——集刀之後，便要成親；誰知這竟成了個永遠無法完成的心願。

如今連海龜大人也——

「反過來說，海龜只差一步便能奪得變體刀，卻為人所害。」

「是啊！」

鴛鴦點頭。

上回緊急召集之後，鳳凰與企鵝一起行動，海龜與鴛鴦則是分頭去蒐集完成形變體刀；結果鳳凰與企鵝順利奪得了毒刀「鍍」，但鴛鴦卻毫無收穫。

至於海龜，則是丟了一條命。

……如此看來，鴛鴦毫無收穫倒不是憾事，反而是僥倖了。

這種念頭似乎失之怯懦。

「海龜大人是去了信濃吧？」

鴛鴦問道。

「沒錯。」

鳳凰點頭。

「信濃有變體刀的情報，是企鵝提供的。企鵝，汝可知道什麼內情？」

「不、不知道……不過海龜大人的身手在真庭忍軍十二首領之中可是數一數二，能取他性命者，必定不是泛泛之輩……」

「那倒是，看來得好好調查一番。」

鳳凰聽了企鵝的意見，如此說道。

「好了，眼下的事便談到這裡，來談談今後的事吧！如今海龜已死，吾等最好片刻不離，一起行動。十二首領只剩三人，不能再少了。」

「是、是啊！」

企鵝贊同，又問道：

「鳳凰大人，您用川獺大人的左臂查閱毒刀『鍍』時，可、可有查到其他變體刀的消息？」

「欲查閱其他消息，得潛得更深才行。忍法記錄回溯原本並非吾的忍法，吾尚未融會貫通；能否成功，就得看吾的修行了。」

平時鳳凰不說這種模稜兩可之言，不過鴛鴦相信只是遲早的問題。以真庭鳳凰之能，定能將忍法記錄回溯練得比原主真庭川獺更為純熟。

真庭鳳凰便是如此了得。

鳳凰常說真庭忍軍之中落落寡合者眾，只因自己脾性較為尋常，才被當成實質上的首領看待；不過鴽鴦並不這麼認為。

真庭鳳凰德高望重，眾望所歸，因此才成了實質上的首領。

諸位弟兄不但信任他，也願把自己的命運交給他。

「好，吾等便動身前往海龜身亡的信濃吧！」

真庭鳳凰如此提議。

「不許。」

照理說，山丘之上應該只有真庭鳳凰三人，但不知幾時之間卻又冒出了另一名男子。

那男子腰間佩著長短對刀，身著西裝，臉帶面具，面具之上書有「不忍」二字。

「不許你們離開此地，真庭忍軍。」

他正是尾張幕府家鳴將軍家直轄稽覈所總監督幫辦——左右田右衛門左衛門。

■
■

奇策士咎女的天敵否定姬，是個本名不詳，來歷不明的女子。

她生得金髮碧眼，具有外邦血統，在幕府之內可說是個比咎女更為奇特的存在；只不過她身居稽覈官要職，無人膽敢質疑冒犯。

正因為如此，她充滿了神祕色彩。

否定姬對於奇策士咎女提出的集刀之議，究竟有何想法？知道的只有否定姬自己與她的心腹大將左右田右衛門左衛門。

如奇策士所料，否定姬的確另有所圖。

不過她的圖謀與稽覈官的差事並無關連。

是想報奇策士數次構陷之仇麼？這也是個原因。不過奇策士與否定姬打從相識的那一刻起便已水火不容，橫豎是要為敵的。

即便沒有集刀之事，否定姬仍會伺機對付咎女。

否定姬打的是什麼算盤？

怒

又會如何利用眼前的狀況？

老實說，奇策士咎女並無頭緒。不過只要以不變應萬變，倒也不足為懼。只可惜奇策士咎女的想法太過天真。否定姬打的算盤可和過去不同；正如她本人所言，集刀便是她的圍場。

尾張幕府家鳴將軍家直轄稽覈所總監督——否定姬。

普天之下懂得她心思的，只有兩個人。所幸目前奇策士咎女已集得了半數以上的四季崎記紀完成形變體刀，所以否定姬仍是她的盟友。

然而也僅止於目前而已。

如此負面的盟友著實少見。

然而正因為這層盟友關係，否定姬才在上個月對自己的心腹大將左右田右衛門左衛門下了一道命令。

——「暗殺真庭鳳凰」。

■

■

山丘之上只剩下兩個人。

一個是左右田右衛門左衛門——腰間佩帶長短對刀，身著西裝面具的男子。他的老本行亦是忍者，現在則是否定姬的心腹大將。從那書有「不忍」二字的面具之上，看不出他有何表情。

另一人是身著無袖忍裝，全身纏繞鎖鍊的女忍者。這名渾身散發妖豔之氣的女子，正是真庭忍軍十二首領之一，真庭鴛鴦。

方才在場的另兩名真庭忍軍首領——真庭鳳凰與真庭企鵝已不見人影，插在地面之上的毒刀「鍍」也被他們帶走了。

右衛門左衛門與鴛鴦相對而立，默默無語。

「……『不解』。」

片刻過後，率先開口的是右衛門左衛門。

「我可是做好以三敵一的覺悟，才在你們面前現身，沒想到你們竟會用忍者的老手段，留下一人殿後，其餘兩人逃走。真庭忍軍竟也玩起了尋常忍者的把戲？」

「……哼！廢話連篇。」

鴛鴦的態度與方才面對真庭鳳凰時截然不同，變得輕佻浮滑。

「我們愛怎麼做便怎麼做，你管不著。我這可不是捨命斷後；對付你這種角色，我一個人便綽綽有餘了。」

「妳可真有自信。」

右衛門左衛門平心靜氣地回道：

「不過對手是妳，我可不大滿意；因為我奉命暗殺的乃是真庭鳳凰，並不是妳。」

「暗殺鳳凰大人？」

聞言，鴛鴦蹙起眉頭。

「你是什麼人？」

「『不答』——我豈會告訴妳？」

「至少可以報上名字吧？」

「左右田右衛門左衛門。」

「右衛門左衛門？」

聽了這滑稽的名字，鴛鴦的眉頭皺得更緊了。

「取這什麼假名啊？」

「哼！妳的反應倒和真庭海龜如出一轍。」

「海龜？」

「唉呀！」

右衛門左衛門掩住了口。

「竟然說溜了嘴——無妨，也沒什麼好隱瞞的。不錯，殺了真庭海龜的便是我。」

「……哦？」

聽了這番話，鴛鴦反而更為冷靜了；因為她總算解開了心中的疑惑，同時也明白了該如何對付右衛門左衛門。

「話說回來，想不到你們居然奪得了四季崎記紀的完成形變體刀。那把刀便是毒刀『鍍』？」

「啊？怎麼，你聽見我們說話了？耳朵還真靈光啊！」

「不，我並未聽見，而是早就知道了。」

「啊？」

「聽不懂便罷。反正妳得死在這裡。」

右衛門左衛門說道。

聽了右衛門左衛門這句直截了當又老套得緊的話語，真庭鴛鴦不由得微微一愣。

「是麼？」

然而她不愧是忍者，立刻便擺出架勢，準備迎戰。

乍看之下，鴛鴦並未攜帶兵刃，其實不然。她的兵刃早已呈露於睽睽眾目之下。

原來她的兵刃與鎖鍊縱橫交錯，纏繞在她身上。

真庭忍軍十二首領之一真庭鴛鴦，渾名「倒捲鴛鴦」，使的兵器便是鞭子。

那鞭子非比尋常，手把之下分成十岔，每個分岔前端又嵌著小刀，模樣生得極怪。

鴛鴦左右手各持一把這種古怪兵器，雙手共使著二十條鞭子。

「真庭忍法——永劫鞭。」

「……」

見鴛鴦亮出兵刃，右衛門左衛門亦拔出長短對刀，使雙刀應戰。說來巧合，鴛鴦與右衛門左衛門都是雙手同使兵刃之人。

「真庭鴛鴦在此，劃下道兒來吧！」

「先接我一招！」

右衛門左衛門如其言所示，搶先行動，然而鴛鴦卻比他更快了一步。她不過手腕一翻，二十條鞭子便分路齊進，朝右衛門左衛門攻去。

「……！」

右衛門左衛門原想欺至鴛鴦身前，情急之下只得往後一縱，卻無法盡數避過二十條鞭子的攻勢；避不過的鞭子，他便用刀抵擋。

然而右衛門左衛門沒能砍下鴛鴦的鞭子。那鞭子宛如活的一般，纏住了右衛門左衛門的長短對刀。

「唔……」

剎那間，右衛門左衛門遲疑了。

不，該說他只遲疑了一剎那，便立刻放開刀柄，棄刀往後逃開。

他的判斷是正確的。若是再晚上一秒，餘下十六條鞭子就會再度攻向他。

「哼！」

鴛鴦手腕輕輕一翻，手上的鞭子便將奪來的兩把刀拋得老遠。

那鞭子便如她的手腳——不，比手腳更為靈活！

隨心所欲、靈活自如地操縱二十條鞭子，

便是真庭忍法——永劫鞭。

二十條鞭齊上的排山倒海之勢固然驚人，然而此鞭法的精妙之處，並非在於以多取勝。永劫鞭的真髓，便是以最小的動作、最快的速度驅使鞭子攻擊敵手，又能在敵手出招之後後發先至。

「……不過……」

右衛門左衛門犧牲了兩把刀，方才領會了永劫鞭的厲害之處。他待在鞭長所及的範圍之外，說道：

「威力倒是平平。刀砍不斷鞭身，可見得此鞭是以柔軟為重。」

「是啊！只要注意尖端的刀刃，便能避開致命傷。」

鴛鴦竟然主動說出了永劫鞭的弱點。不過這倒也不值得大驚小怪，因為對她而言，這根本算不上弱點。

「這下你可明白了麼？永劫鞭是最適合用來凌遲敵人的兵器！」

「……試試這招如何？」

兵刃被奪的右衛門左衛門並不動搖，立即採取下一個行動。他並非劍客，刀劍被奪無須驚慌。

他選擇的下一個戰略便是——

「相生拳法——背弄拳。」

不錯，他使出的是上個月於信濃殺敗真庭忍軍十二首領之一真庭海龜時所用的拳法。真庭鴛鴦聽了「相生拳法」這陌生的名稱，微微一愣；右衛門左衛門便趁機出招，竄至鴛鴦背後。

所謂背弄拳，講究的即是隨時置身於敵人背後，出其不意，攻其不備。這套拳法乃是從相生忍軍的相生忍法演化而來，相生忍軍滅絕之後，這套拳法也跟著失傳了一百七十年。

「——忍法永劫鞭。」

然而真庭鴛鴦卻是不慌不忙。這回她不只翻動手腕，而是動了整條下胳膊；但也不過如此輕輕一動，二十條鞭子便分路齊進，攻向身後的右衛門左衛門。鴛鴦頭也不回，便抵擋了右衛門左衛門的背弄拳。

她的鞭子猶如生物一般，用不著她回身觀看，就能自動攻擊敵人。

真庭海龜碰上左右田右衛門左衛門時，曾暗自慶幸遇上他的不是鴛鴦而是自己；不過事實上，對上相生拳法背弄拳時，鴛鴦的永劫鞭反而比真庭劍法還要管用。

「不得。」

右衛門左衛門勉強閃過鞭子，喃喃說道。二十把鞭子之間的空隙比起人在正面之時要來得大，較容易閃躲。

「老實說，我不得不驚訝，真庭鴛鴦。想不到背弄拳對妳居然不管用。我還以為有這等本領的只有真庭鳳凰呢！」

「啊？怎麼，你識得鳳凰大人？」

鴛鴦並未回身，依舊背著右衛門左衛門說話。

「真庭海龜也問過同樣的問題，我沒回答他；不過告訴妳也無妨。」

右衛門左衛門平靜地說道：

「相識以上，仇敵未滿。」

「……這是哪門子的答案？」

鴛鴦將二十條鞭子使得呼呼作響，形成了一道網，護住周身。

「再說鳳凰大人見了你毫無反應，分明不識得你。」

「是啊！不過別忘了，我戴著面具呢！」

上書「不忍」二字的面具。

「又或許鳳凰雖識得我，卻忘了我是誰。」

「這樣根本不能稱作相識。」

「也許吧！」

右衛門左衛門倏地採取了下一個行動。

鴛鴦不愧是忍者，雖未回身卻立時察覺了；但她並未做出任何反應，只是照舊揮舞著二十條鞭子。

相生劍法對鴛鴦不管用，相生拳法也派不上用場。

忍法永劫鞭具有二十條鞭身，看似長於攻擊，其實卻是長於防守；而天下間沒有勝得過防守的攻擊，正是真庭鴛鴦信奉的哲理！

「……『不通』。」

只聽見右衛門左衛門如此喃喃說道。

接著，他扣下了扳機。

■　■

砰！

砰砰砰砰砰砰砰！

真庭鴛鴦聽見一陣不搭調的巨大聲響，隨即感到自己的身體被某種物體連續貫穿而過，體內變得支離破碎。

「……咦？」

她並未卸除永劫鞭織成的防護網，照理說敵人應該無機可乘才是，為何身子卻滾燙火熱，宛如被真庭海龜從身後連刺數劍一般？

鞭子停了下來。

鴛鴦的手使不上力氣，左右手上的鞭子紛紛落地，隨即身子也跟著軟倒在地。

她毫無感覺。雖然明白自己身負大量致命傷，卻不明白右衛門左衛門使了何種招數。

右衛門左衛門尚未進入鞭長所及的範圍之內，莫非他能從遠處攻擊，如同真庭蜜蜂的忍法彈指撒菱一般？

但即便是彈指撒菱，除非運氣極佳，否則也會被舞動的永劫鞭盡數打落。難道是比彈指撒菱更快，快到永劫鞭無法抵擋的攻擊？

莫非是火槍？

不，火槍豈能連續攻擊？再說火槍槍身瘦長，右衛門左衛門要如何藏在身上？

「…………！」

鴛鴦使盡氣力，回頭看了右衛門左衛門一眼。

只見右衛門左衛門雙手持著怪異的鐵塊，想必原來是藏在懷中。

那玩意兒究竟是什麼？意識朦朧的真庭鴛鴦無從得知。即使她神智清醒，想必也不能明白。

因為那是種不該出現於此時此地的兵器。

當然，若是現代人在場，一口便能道出那兵器的名字。

右手上的是轉輪式連發手槍。

左手上的是自動式連發手槍。

尋常無奇，不過爾爾。

這便是傳奇刀匠四季崎記紀所造的十二把完成形變體刀之一——炎刀「銃」，能從遠處連續射出子彈，迅捷更勝鴛鴦翻動手腕的速度。

「『不滿』。」

右衛門左衛門平靜地說道：

「沒想到竟得靠炎刀『銃』才能得勝。主子要我帶上炎刀時，我原以為不會有機會使用，沒想到這麼快便用上了……話說回來，在這玩意兒之前，拳法、劍法及忍法全都形同廢物啊！」

鴛鴦已聽不清他的自言自語。

「對付這雌兒耗去了太多時間，終究還是讓真庭鳳凰給逃了，暗殺失敗，看來暫時回不了尾張了。早知如此就別逞能，早點兒拿出炎刀『銃』來……我無意讚賞真庭忍軍之人，不過這雌兒確實不辱使命，不愧是忍者，遠比起不幹忍者的我還要有骨氣。」

然而真庭鴛鴦並不似右衛門左衛門所說的一般盡忠職守。她在最後一刻掛念的既非真庭里，亦非四季崎記紀的完成形變體刀，而是五個月前過世的情人。

五章 刀王樂土

■■

虛刀流第七代掌門鑢七花拜入心王一鞘流門下已過了十天，這十天來他日日前往道場習武。

第十二代汽口慚愧提出那荒謬至極的建議之時，奇策士咎女大可拒絕，不過她卻沒這麼做，反而命七花依言行事。

想當然耳，一切全是為了奪得王刀「鋸」。

輸了以王刀為賭注的決鬥之後，咎女原就打算設法纏住汽口慚愧，爭取時間，另想奇策；汽口慚愧之議，可說是正中咎女下懷。

只不過這麼一來，可就苦了得拜入他人門下的七花了。七花雖然不拘小節，但遇上這種事，也不禁感到愧對父姊；但最令他痛苦的，便是要他習劍。

其實最苦的或許是提出此議的汽口本人。她萬萬沒想到七花居然如此缺乏劍術天分。

都練了十天的劍，七花仍停留在空揮階段，無法前進。

他連木刀都拿不好，一拿就掉；舉高便往後掉，揮落便往前掉。至於打到自己的額頭，更是家常便飯；而他偏生在這種時候揮得最使勁，所以疼得更厲害。

使起虛刀流第七式「杜若」步法時矯若遊龍的鑢七花一拿起木刀，竟變得比牙牙學步的幼童還不如。任誰看了，都覺得他是在裝瘋賣傻。

即便如此，七花仍謹遵咎女成命，將個人毀譽暫擱一旁，跟著汽口練武。

若是換作半年前，縱使是咎女之請，七花也不會答應拜入他人門下。

七花自幼受父親教誨，身為一把刀，便該遵從主人的命令；不過他發現有些命令卻是不當一把刀才能遵從的。

「……辛苦了，七花公子。」

練武告一段落，汽口對著毫無進展的七花如此說道，並遞了條手巾給他。

七花接過手巾，拭起汗來。

幸虧鑢七花擁有無窮無盡的氣力，才能捱過汽口嚴格的訓練（雖然毫無收穫）；不過反過來說，代表汽口的氣力也不遜於七花。

這十天來，七花深切體會了汽口的「剛強」。她不僅身強體壯，意志亦極

為堅強。換作一般人，收了七花如此差勁的弟子，不到三天便將他逐出師門了。

「一定是我教得不好。」

然而汽口卻是反省自己。

「不瞞你說，這是我頭一次收徒弟，想必有許多不逮之處，還望你多多包涵。」

「…………」

她這個人真的太過一板一眼了。

七花以前從沒碰過這種人。她哪兒像是變體刀的主人了？

七花委婉地說出了自己的想法（不過他這個人向來是一根腸子通到底，因此在旁人看來，他說得十分直接），然而汽口卻搖頭說道：

「沒這回事。為了天下國家，我本該將王刀交給咎女姑娘才是，然而我卻無法捨棄一己之私，這便是我修養還不到家的證明。」

「……為了天下國家啊？」

咎女當然不能老實說出集刀是為了升官及報仇，因此起初與汽口談判之際，照舊宣稱是「為了天下國家」，而汽口竟深信不疑。

一樣是劍客，汽口與宇練銀閣有著天壤之別；她似乎不認為滿口天下國家的人不會是什麼好貨色。

「不過我希望你能明白，對我而言，王刀『鋸』不只是道場的招牌，同時也是我自身的證明。」

「……我聽說王刀是由歷代掌門保管……」

七花不禁問道：

「那舊將軍頒布獵刀令的時候呢？心王一鞘流是怎麼守住這把木刀的？」

「當時王刀『鋸』並非歸我心王一鞘流所有。」

汽口一本正經地答道。

如今七花為弟子，汽口為師父，地位較尊，但她說話不改前態，依舊溫文有禮，為人可見一斑。

「將王刀『鋸』帶進心王一鞘流的，是第八代掌門人。」

「是妳爺爺的爺爺的爺爺的爺爺？」

「不，雖然我和前任掌門是祖孫，不過心王一鞘流並非血脈相傳的流派。」

「是嗎？」

七花暗想：這可和虛刀流不一樣了。

「這麼說來，妳不清楚第八代掌門人是如何得到王刀『鋸』的了？」

「豈止不清楚，根本是一無所知。畢竟當時的年代雖不如獵刀令時久遠，仍是許久以前的事了。」

「嗯。」

也罷，如何得來的並不重要，只要現在刀在這裡即可。

「我……」

汽口慚愧突然說道：

「其實並不似七花公子所說的那般正派。」

「這句話妳剛才也說過了。」

「對，我的修養現在仍不到家，但從前更是放蕩。從前的我根本無心練劍，成日耽溺將棋之中，常為了此事與前任掌門爭執。」

「哦？」

看了現在的汽口，實在難以想像十來歲時的她也曾過著放蕩不羈的日子。

原來汽口的棋藝之所以能讓咎女讚不絕口，便是緣於此故。

「是以祖父過世之時，我對於繼承這座沒有半個弟子的道場，其實是興趣缺缺；可是一當我拿起王刀這把掌門信物——」

汽口舉起王刀「鋸」，放到自己眼前。

「居然頓覺醍醐灌頂，豁然開朗。倘若我比起從前真有些許長進，全都是這把王刀『鋸』的功勞。」

「…………」

或許她練起劍來如此投入，便是為了彌補十來歲時荒廢武藝的那段日子。

「祖父也曾說過，他從前任掌門手上繼承王刀之後，宛若重獲新生；他老人家還以王刀樂土四字來形容。」

「王刀樂土……」

七花暗自尋思：或許這便是王刀「鋸」的特性——不光是不帶毒性，甚至能將主人身上的毒性完全袪除。換言之，王刀是把具有解毒功效的變體刀。

當然，此時七花尚未聯想到真庭鳳凰手上的毒刀「鍍」——他也無從聯想。毒刀『鍍』具有強烈的毒性，與王刀正好完全相反。

王刀「鋸」。

王刀樂土——

「……若是敦賀迷彩知道了，鐵定會千方百計來奪這把刀吧！」

「唔？敦賀迷彩是何方高人？」

「不，沒什麼。」

七花連忙轉移話題。

「不過這把木刀助妳洗心革面，也是件好事啊！」

「是麼？我是個俗人，總忍不住要想：若是沒有這把刀，或許我過的便是截然不同的人生。」

「截然不同的人生？」

「這世上也有為愛而活的人，不是麼？」

汽口說這番話時，依舊是一本正經。

「見了咎女姑娘與七花公子以後，這些過去已經斷了的念頭便又一股腦兒湧上來了。」

「為劍而活也不壞啊！」

「可是在這種時代，劍法練得再高明又有何用？」

汽口並非自嘲，也非自諷，只是淡然說道：

「我知道心王一鞘流十之八九會在我這一代結束，因此立誓成為一個不愧對諸位先賢的劍客；可是有時候我又懷疑，自己如此執著，莫非只是出於眷戀之情？」

「……我也……」

我也一樣——七花險些脫口而出。

若是咎女未到不承島遊說七花集刀，虛刀流便會在丹後的無人島上走入歷史，結束於七花這一代，從此無人聞問；因此七花可說是感同身受。

然而七花卻臨時住了口。因為現在的他並非為劍而活，而是為咎女、為愛而活；就這一節之上，他不似汽口慚愧一般心虔志誠，俯仰無愧。

「…………」

「嗯？怎麼了？七花公子。」

「沒什麼……其實我覺得又有何妨？心王一鞘流並非殺人劍，而是活人劍，挺適合這個太平盛世的啊！」

「七花公子。」

汽口這會兒換上了自我消遣的口吻。她的神情依舊肅穆，話語之中卻帶著自嘲的意味。

「用木刀打頭，也是能打死人的。」

「…………」

「木刀擊中手腕，手便會骨折；擊中身體，內臟便會破裂；刺中喉頭，氣管便會損傷，因此比武之時才得穿上護具。木刀只是不能砍人；活人劍雖非殺人劍，卻也能殺人。」

■

■

「欸，咎女，今天我聽了汽口一席發人省思的話，實在是獲益良多！而且我雖然不會用劍，但日日活動筋骨，也覺得神清氣爽。我越來越愛去道場練武啦！」

「嗟了！」

當天七花一回客棧便說了這番話，氣得奇策士咎女朝他的臉孔使了記後迴旋飛踢。素以不習武藝為原則的咎女如何使得出這等招數，固然教人嘖嘖稱奇；不過這也代表了七花的一番話多麼教她氣惱。

「爾竟然樂不思蜀，像話麼！身為虛刀流掌門的尊嚴上哪兒去了！」

「呃……逼著我去道場的人是妳，哪有資格數落我啊……還有妳也真行，居然能穿著那麼累贅的衣服使飛踢……」

七花依舊維持不閃避咎女攻擊的原則，乖乖接招；不過這回的後迴旋飛踢著實令他大吃一驚。

「自從剪去頭髮之後，我變得身輕如燕，要飛天都不成問題。」

「哦！」

七花恍然大悟，這才席地坐了下來。咎女見狀，斂了斂七花所說的「累贅衣服」下襬，也跟著在他的正面坐下。

「也罷。讓爾等了好些日子，我總算想出來了。」

咎女也不讓剛練武歸來的七花先休息片刻，便突然帶入正題；然而七花乃是奇策士的忠僕，自然無半句怨言。

「想出什麼？」

「當然是奇策啊！我想出來的物事除了奇策以外，還能有什麼？」

「可多了呢……」

「總之我左思右想，爾能贏過汽口慚愧的方法，只有一個。」

咎女說道。

「我能贏過汽口的方法居然只有一個……？」

「當然，我指的是在使用木刀、穿戴護具及遵守規則的條件之下。若是爾能脫下護腕，打赤膊與汽口決鬥，我自然相信爾能得勝，不過依汽口的性子，斷不會同意如此比武。」

「是嗎？」

「我也想過令汽口答應讓你打赤膊比武的方法，不過她這個人一板一眼，只怕又會歷史重演。」

「……汽口說她會那麼一板一眼，或許是受了王刀『鋸』的影響。」

「哦？原來如此，這倒是個深入的看法。無論如何，這回該注意的不是完成形變體刀，而是汽口。」

「所以呢？能讓我贏汽口的奇策是什麼？」

「便是利用爾的蹩腳。」

咎女指著七花，一針見血地說道。

「爾應該還記得踊山上與凍空粉雪的一戰吧！那是爾在這趟集刀之旅中的第一場敗仗。」

「我當然記得。」

「我們便是要如法炮製。」

「如法炮製？」

七花不解咎女之意，面露疑惑之色。

「什麼意思？我對膂力雖然小有自信，但可不像粉雪那般力大無窮。」

「我說的不是力氣。對爾而言，粉雪的可怕之處不在她的天生神力，而在她是個門外漢吧？」

虛刀流第七代掌門鑢七花對凍空一族遺孤凍空粉雪。

這場決鬥的勝利者不是七花，卻是粉雪的最大理由，便在於雙方實力上的差距。粉雪是個根本不懂得比武打鬥的孩童，一舉一動皆是出人意料，難以預測，因此七花才栽在她手上。

「所以爾這個木刀門外漢也要來個不按牌理出牌，贏過木刀高手汽口慚愧。」

「嗯……」

七花先點了點頭，慢慢地咀嚼咎女話中的含意，待領略之後方才說道：

「不過，妳不是說我會輸給粉雪，是因為運氣不好，碰上了一個不對盤的對手嗎？」

「是啊！」

「可是……對不對盤不是妳能操控的吧？妳能從這一節之上著眼，確實有奇策士之風，我也佩服得緊；但妳無法保證我能靠著同樣的僥倖勝過汽口吧？」

「那當然，天下事沒有絕對。」

咎女苦笑道：

「就拿粉雪一戰來說吧，她僥倖贏過爾的機率，其實還不滿一成。」

「既然機率這麼低，就更不能賭啦！」

「當然，光靠我的奇策，爾的勝算的確不高；不過我另有計策輔助。」

「哦？是嗎？」

「爾別與汽口直接交手，先由我出面與她過招。」

「……用將棋過招？」

「那當然。」

咎女志得意滿地點了點頭。有什麼好得意的？七花不禁暗暗想道。

「不過汽口都已經主動開口要與我重新比試了，妳沒理由再和她對奕啊！」

「理由雖無，意義卻有。我要增加汽口的負擔……我打算要求汽口與我奕九局棋，當然，能否成功，便得靠我的談判手腕了。」

「九局……太多了吧？」

「在這個村子嫌九局棋多，可是會惹人恥笑的。」

「是嗎？不過九局未免不上不下，怎麼不乾脆比十局算了？」

「偶數或有平手之時，十一局更是不上不下，所以比九局。而依照對奕的勝敗局數，來決定爾與汽口的比試回數。」

「比試回數？」

「比如九局之中我五勝四敗，汽口便與爾比試一回；六勝三敗，便比試三回；七勝兩敗，便比試五回；八勝一敗，便比試七回；九勝零敗，便比試九回。而無論比試幾回，只要爾得勝一次，王刀『鋸』便歸我們所有。」

「哦，原來如此，是上次那招的進化版啊！」

如果突然要求汽口與七花比試九回，且七花只要得勝一次便得王刀，汽口決計不會答應；不過若是在中間加上了與咎女對奕這道程序，便能收混水摸魚之效。

站在汽口的角度觀之，只要自己贏了咎女五局以上，便能保住王刀「鋸」；若是輸了，讓七花有機會奪取王刀，也是咎由自取。而以七花劍法之蹩腳，縱使比試數百回，要守住王刀「鋸」亦非難事。

「上回妳和汽口對奕，尚有餘裕操控盤面，製造平分秋色之勢；那麼這回就算無法九局全勝，贏個八局也沒問題吧？這麼一來，我便可與汽口比武七次。也對，打上七回，總有一回能僥倖獲勝吧！」

「非也。」

奇策士咎女一口否定。

「我不打算贏這麼多局。我的目標是五勝四敗。」

「咦……？」

七花一頭霧水，啞然無語。

「當然，事情不見得能盡如我意，如有差池，或許會以六勝三敗收場；終歸一句，爾須得抱著只比一回的打算。」

「為、為什麼？」

「我們的目標是僥倖獲勝，這和擲骰子可不一樣，次數越少越好。」

「可、可是──」

七花難掩困惑之色。

「──既然如此，就用不著和汽口對奕啦！剛才我也說過了，汽口願意無條件與我再打一次。」

「對奕另有意義。」

「另有意義？什麼意義？」

「這個嘛……還是先對爾賣個關子吧！」

七花興味盎然，咎女卻拂了他的興頭。

「我想了想，這事爾還是先別知道才好。」

「咦？咦咦？」

「雖然讓爾知道也不礙事，不過為了慎重起見，還是暫且保密吧！事情只管包在我身上便成。莫非爾不先聽過計畫內容，便信不過我的奇策？」

「不，沒這回事。」

聽咎女這麼說，七花豈敢點頭？

平時七花便不敢違抗咎女，這回咎女言明七花不知情有助於計畫進行，他自然更是不敢多問了。

「妳都這麼說了，我就不問了。不過妳起碼得告訴我，用了妳那條不能透露的計策以後，勝算變為多少？」

「五成左右。」

這個數目似乎還不足以讓咎女拍胸脯打包票；不過思及刀劍在手的七花有多麼蹩腳，實在也苛求不得了。

咎女也有自知之明，說道：

「說來慚愧，琢磨了十天才想出的奇策居然只有五成勝算。這回的奇策確實是勞而寡功，不過七花，我希望爾明白——不管是否為王刀『鋸』的特性所致，汽口這樣的為人是很難得的，所以我希望能盡量顧全她的顏面。」

「嗯。」

七花亦有同感。

這十天來七花日日跟著汽口習武，生了情分，並不願與汽口殺個你死我活。如果能配合汽口的行事作風而得到完成形變體刀，自是再好不過。

七花心知肚明，不久之前的他絕不會這麼想。

這究竟是變得堅強，抑或變得軟弱？

「生、生了情分……？爾又變心了麼！爾等究竟在道場裡幹了些什麼好事？我可是信任爾，才讓爾到道場習武！哼！我已經受夠爾這種拈花惹草的性子了！」

「……我才受夠妳愛亂吃醋的性子呢！」

明明是自己起的話頭，做出這種反應未免太誇張了。

不過咎女這麼一鬧，倒讓七花發現了這條奇策的問題所在。

「咎女，不好了！」

「我不好？的確，我強人所難，逼爾拜入他人門下，難怪爾心生怨懟。可是我有我的苦衷，爾就不能體諒麼？」

「不，剛才的話題已經結束了。」

「什麼叫做結束了？爾連談話的餘地也不留，便想結束我們辛苦建立起來的關係麼！」

咎女大吼大叫起來，教人不敢領教。

「不是，我是說妳的奇策不好了。」

「唔？是麼？那就好。」

「不，一點兒也不好……」

七花雖已和奇策士咎女一道旅行九個月，卻仍摸不清她這個人。

「妳那條奇策，得要我是個完全不懂刀劍的門外漢才能奏效，對吧？不過咎女啊，十天前倒也罷了，在妳苦思奇策的期間，我每天都跟著汽口這個高手習劍，已經不再是門外漢啦！」

「哦？」

「我這個人在用劍方面的確是一丁點兒的天分也沒有，練了這麼久，還停留在空揮階段。不過規則方面可不同啦！在汽口的講授之下，我已經小有瞭解。」

「唔……」

咎女果然未曾考慮到這一節，開始思索起來。見狀，七花又說道：

「當然啦，妳也知道我腦筋不好，聽懂了多少可想而知。不過還有另一個問題。我的劍法的確是亂七八糟、不成體統，可是我連看了汽口這個高手練劍十天，就算眼力不如我姊姊，多少也記了個樣兒啦！妳這回的奇策，是我越外行越能成功；這麼一來，勝算或許不到五成了。」

「是麼？」

聽完七花這番話，咎女點了點頭。

「我確實未曾想到這一節，是我的疏忽。好，我明白了。」

說著，席地而坐的咎女以膝代足，靠近七花，朝著七花的一頭亂髮伸出了雙手。

七花見了她的舉動，心裡雖感困惑，卻未移動，也不閃避。

他奉咎女為主，總是乖乖承受她的各種攻擊。

「啵！」

咎女給了七花一吻。

七花一時之間不知發生了何事，一臉茫然。咎女隨即放開他，回到原來的位置之上，若無其事地問道：

「現在爾還記得麼？」

「…………」

七花猛搖頭，說道：

「全忘得一乾二淨了。」

六章
盲棋

■ ■

翌日。

歷經一番波折之後，事情總算得以如奇策士咎女的計畫進行。其中最大的難關，便是汽口認為七花的功夫還不到家，須得再加鍛鍊，不肯與七花比武。如汽口所言，這十天來七花確實毫無長進；然而咎女卻使出三寸不爛之舌，說道：

「七花的功夫不到家，還不是比武的時候？汽口姑娘也未免太托大了。劍道沒有絕對，無論實力差距再大，只要拿起劍站上了比武場，便是對等之戰。」

這根本是詭辯。倘若咎女真的如此認為，早在十一天前便該說這番話了。不過這套詭辯用在汽口身上，竟然奏效了。

這便是利用了她一板一眼的性子。

非但如此，咎女也說動了汽口與她再度對奕，教七花不得不佩服她的辯才。先前咎女曾說汽口拒意甚堅，沒有談判的餘地，不過她這會兒倒是談得挺順利的。或許得歸功於她的旁敲側擊之計吧！

「我也想和咎女姑娘再對奕一回。」

又或許是咎女看穿了汽口的這番心思。

汽口自幼在這座依靠將棋解決所有紛爭的村子裡生長，縱使繼承了心王一鞘流，對將棋的熱愛之心仍是絲毫未減；難得棋逢敵手，自然不願放過大好機會。

不過反過來說，豈不代表汽口根本不渴望與七花再度比試？說來也是理所當然。七花雖覺得有傷顏面，也只能忍了下來。

汽口提出的唯一條件，便是此事結束之後，咎女二人得對王刀「鋸」徹底死心。

換言之，這是最後的機會，不會再有延長戰了。

汽口言出必行，一旦說了就不會反悔；只能寄望五成勝算的七花聞言，不由得暗自擔心。

「我明白了，就依這個條件比試。」

然而咎女卻接受了條件。

接下來的九局棋戰，咎女可謂獨領風騷；不過她並未大獲全勝，而是如先前對七花所言一般，以五勝四敗收場。

勝、勝、負、負、勝、負、勝、勝、負。

對頭腦簡單、生性單純的七花而言，光是要故意輸棋，便已經是件不容易之事；而要輸得像咎女這般巧妙，就更是難如登天了。咎女與十一天前一樣，贏的時候不採大勝，而採險勝；輸的時候亦是按部就班，逐步敗退。

七花不懂將棋，不明白汽口作何感想。也許汽口已發現咎女刻意操縱勝敗，不過她什麼話也沒說。

或許她認為棋藝較高者有權選擇贏法。

——比武也是一樣。

總而言之，言而總之，一切如咎女計畫，一次定江山。

「準備好了麼？七花公子。」

第十二代汽口慚愧穿上護具，拿起木刀，站上了開始線後，對七花如此問道。

七花雖然也穿妥護具，手持木刀，站在開始線前，卻稱不上準備就緒，甚至可說是完全相反；不過他還是說道：

「準備好了。比武之前，我有些話要說。這十天來多謝妳的關照。雖然我這個徒弟悟性很差，什麼也沒學會，但仍是獲益良多。」

「不，獲益良多的是我。或許是我還不夠格收徒弟吧！以這樣的結果收場，我感到很過意不去。」

「先別急著道歉。若是我贏了妳，反而證明妳教得好啊！」

「是啊！……七花公子，你木刀的拿法錯了。」

「咦？哦！嗯。」

七花重新握刀。

咎女要他忘了劍道的規則，但他也未免忘過頭了。

不錯，雖然這回要靠七花的外行取勝，不過有些基本細節卻是不容疏忽，因此咎女昨晚又耳提面命，重新教導了七花一遍。

一言以蔽之，便是犯規行為。七花可不能因犯規而輸掉比試。

禁止拳打腳踢、拋摔勾拐；木刀不可離手，也不可攻擊對手的下半身。

說歸說，其實公證人是咎女，只要犯規不甚明顯，她大可以睜一隻眼閉一隻眼。這一節汽口亦是心知肚明，甘願吃虧，否則也不會請敵方的咎女來當公證人。

又或許她認為奇策士咎女官居軍所總監督，不至於徇私作弊。其實奇策士咎女向來靠計策決勝，又怎麼會徇私舞弊呢？咎女為保計畫順利進行，不願讓七花知悉內容；但到了這個關頭，七花又怎能不去思索？而他左思右想之下，終於猜到了咎女的打算。

咎女與汽口約定對奕九局，以決定七花與汽口的比武次數，卻又只以五勝四敗為目標。這乍看之下毫無意義的舉動，究竟有何含意？

起先七花怎麼也想不明白，不過與汽口對陣之後，腦中卻浮現了一個具體的推測。

或許咎女是在探汽口慚愧的路子。

雖說將棋是門室內競賽，其實本質與比武並無二致，差別不過在於手持的是兵刃或棋子而已。善於奕棋者不見得善於使劍，不過汽口慚愧文武雙全，或許能從她的棋路來探出她的劍路。是以勝敗本身並不重要，只要能多下幾局棋即可。

咎女的目的，便是試探汽口在如何局面之下會如何行動。咎女想知道的，是汽口慚愧的應戰之方。

從一個人的棋步，可以看出一個人的性格；咎女正是要從這九局的棋步之中摸清汽口的行事作風，方才故意輸上幾局，好知道汽口如何得勝，如何落敗。

而這些知識，便能應用在汽口與七花之戰上。

這是步險棋，卻也是步能化險為夷的好棋。只要瞭解汽口的劍路，便能提高七花的勝算。

可是話說回來，就算咎女探得了再多底細，七花不知，不就毫無意義了？咎女總不能一邊當公證人，一邊指點七花比武啊！

七花的推測對了一半。

以七花的腦筋，能猜對一半已是難能可貴。其實奇策士咎女的算盤並沒七花所想的那般複雜。

她的這條奇策只能用在此時此地，而最大的過人之處，或許便是能引得七花這個不愛動腦的人忍不住左思右想，反覆推敲。

「……咱們這就開始吧！七花公子。」

「且慢。」

汽口出言催促，但咎女卻從旁插口，迎頭澆了她一盆冷水。有句話若是不說，咎女就不能宣布比武開始。

「我最後再問一次。爾沒有其他條件麼？爾的劍法如此高明，想必幕府中不乏有意招攬之人。」

「這些念頭我早已捨去了。昨天我也對七花公子說過，如今已不是用劍的時代；既然決定為劍而生，我便會貫徹初衷，為劍而死。」

汽口一口回絕了咎女的提議。在她的心中，早已有了答案。

「以心斬心鬼，故以慚愧為名。心王一鞘流第十二代汽口慚愧，這就來領教七花公子的武功。」

「那我就恭敬不如從命，不過屆時或許妳已被大卸八塊。」

這回七花的口頭禪說得甚無自信。

時候到了。

「……好。」

按照往例，咎女宣布道：

「比武開始！」

聽了這聲喝令，七花與汽口二人未有動作，只是靜觀對手的動靜。

七花劍法拙劣，自然不敢輕舉妄動；而汽口劍法雖精，卻不忍立即打敗七花，因此僵持不下。

汽口的心軟是個很大的破綻。對咎女而言，拿起木刀一決勝負之際，還留戀師徒情分的人，最是有機可乘。

於是乎，奇策士下了第一步棋：

「六七步。」

■　■

這回奇策士的奇策，乃是要利用實力差距，僥倖獲勝；不過要讓這條計成功，卻有幾個條件。

這條奇策的靈感，正是來自於蝦夷踊山上的凍空粉雪一戰。

正如咎女勸解七花時所言一般，尋常情形之下，七花斷無敗給粉雪之理。七花武功遠在粉雪之上，卻反而落敗，實在不合常理。

既然如此，七花為何會敗？

終歸一句，是咎女與七花太過輕敵。見對手不過是個年幼無知的孩童，莫說七花本人，就連咎女都生了輕慢之心，開口叮囑七花手下留情。

若是七花一開始便全神貫注，步步為營，定能如實力差距所示，大獲全勝。

那麼汽口慚愧又如何？

練劍時全神貫注，渾然不覺有人來訪的汽口可會因為鑢七花與她實力相差懸殊，便心生大意？

想必不會。

汽口使的乃是活人劍，以心斬心鬼；她的對手不是七花，而是自己，又豈會心生大意？

既然如此，唯有擾亂她的心神一途。

鼓譟擾敵，聲東擊西，乃是常見的手法；不過如此明目張膽的擾敵法，想必對汔口是毫不管用。

與其大聲鼓譟，不如輕聲細語。

咎女方才刻意輸了第九局棋，便是為了在這第十局棋中取得先手！

「七六步。」

此話一出，汔口果然有所反應。

雖然汔口十來歲時放縱嬉遊，繼承了汔口慚愧之名後又鎮日練劍，但她並非愚昧魯鈍之人，自然察覺了奇策士咎女的企圖。

汔口很清楚門外漢的可怕之處，並未生輕慢之心。或許這便是實戰劍法虛刀流與道場劍法心王一鞘流之間的差異。

面對七花詭異的舉動，她既不妄作解釋，亦不為其所惑，只是聚精會神，全心應戰。雖然她顧念師徒情分，卻未因此分心。

是以她一聽見奇策士咎女出聲，便明白這是擾敵之計，也明白咎女是為了取得先手，才故意輸了第九局棋。

然而她一聽咎女淡然說出了「七六步」三字，卻不由自主地思考起下一步棋。誰教她是在將棋村長大成人的呢！

——她走七六步，我就走三四步。

「二二角成。」

汽口念頭甫現，咎女又下了第二步棋，換了她的角。

這一著下得可說是頗為性急。

——同銀。

「八八銀。」

奇策士將銀將下在八之八上，與汽口的銀將成了上下對稱之勢。

——簡直像是看穿了我下的棋步。

盲棋——這是高明棋士之間使用的一種奕棋法，不用棋盤棋子，只靠雙方的記憶在腦中奕棋。這門功夫雖然不簡單，不過居住於此村的人大多都會，差別只在程度高下而已。

汽口十來歲時也常下盲棋。然而現在咎女所下的，可是比盲棋還要高明。

汽口並未出聲，只是默思棋步而已，但咎女卻能看穿她的心思，摸透她的下一步棋，就連她思考棋步所費的時間都計算得精準無誤。

奇策士步步進逼，一待汽口想好棋步，便立刻道出下一著棋；而汽口一聽見，就又開始思考棋步。

如此這般，雙方你來我往之下，汽口便漸漸分了神，宛如飛蛾撲火，自取滅亡。

「五八飛車。」

咎女毫不容情地繼續進攻。

汽口很明白，要破解咎女的計策，最簡單的方法便是不去想下一步棋。

將棋是兩個人下的，只要其中一方放棄，就無法繼續對奕下去。

然而便如同否定姬所言一般，人要克制自己不去思量，其實很難。就連不愛動腦的七花也無法停止思考，更何況是文武雙全的汽口？

不，是奇策士逼她不得不想。

決鬥之中分神去想其他物事，便等於輕敵。

——好，那麼我便走七二金，如何？

汽口故意下了著幾無意義的棋。這著棋對之後的局面並無助益，亦無阻礙，可說是種白費步數的走法。

——這著棋妳總猜不出了吧？

「九五角打。」

然而呇女卻連這一步也看穿了，輕聲說出了下一著棋。

呇女的聲音輕柔平淡，擾亂了汽口的心神，卻影響不了七花，因為七花完全不懂將棋的規則。莫說下盲棋了，他連飛車的走法都不知道。

呇女在土佐清涼院護劍寺對天才鑢七實施的奇策，是條影響敵我雙方的大計；而眼前的奇策正好相反，只對文武雙全的汽口慚愧奏效。

「唔……」

——那我就走五八香打！

這回汽口下了著意義全無的棋，呇女決計猜不出。

雖然這步棋等於是將一塊肥肉送到對手嘴邊，但卻是王手；若是呇女不吃掉香車，便是汽口獲勝。

「同玉。」

——她居然猜出了。

呇女移動玉將，吃掉了香車。

——她與我對奕九局，便是為此？

其實咎女根本不在乎輸贏，她的目的只在於和汽口多下幾盤棋。七花的推測對了一半。

汽口在如何局面會如何行動？下如何棋步會如何應戰？

咎女在九局棋裡——不，連同十一天前的第一局棋在內，共有十局——摸得一清二楚，是以能夠猜出七二金及五八香打這兩著出其不意的棋步。

——莫非她能看穿人心？

汽口與咎女對奕不過十局，一局再怎麼琢磨，頂多就兩百著棋，十局也不過兩千著，豈能蒐羅所有棋路？

然而奇策士咎女卻以想像彌補不足，將汽口慚愧的棋路摸得一清二楚。

將棋是兩個人下的，但奇策士咎女竟下起獨腳棋來，猶如詰棋一般，緊咬汽口不放！

——她竟有這麼大的本事？

汽口漸漸分神……不，是漸漸入神於將棋之上。

她明知只要別想棋步即可，卻難以自制！

「五六步。」

——三三桂。

「七七桂。」

——八四飛車。

「四七金。」

——四二銀。

「五五香打。」

——九四步。

「面！」

——咦？

鑢七花的木刀打中了汽口的額頭。

虛刀流第七代掌門鑢七花對上心王一鞘流第十二代掌門汽口慚愧之戰，就這麼安靜平淡地落幕了。

雖然對七花而言，連揮刀擊中直立不動的對手都是件難事；不過擺起收招的姿勢，他倒是毫不含糊。

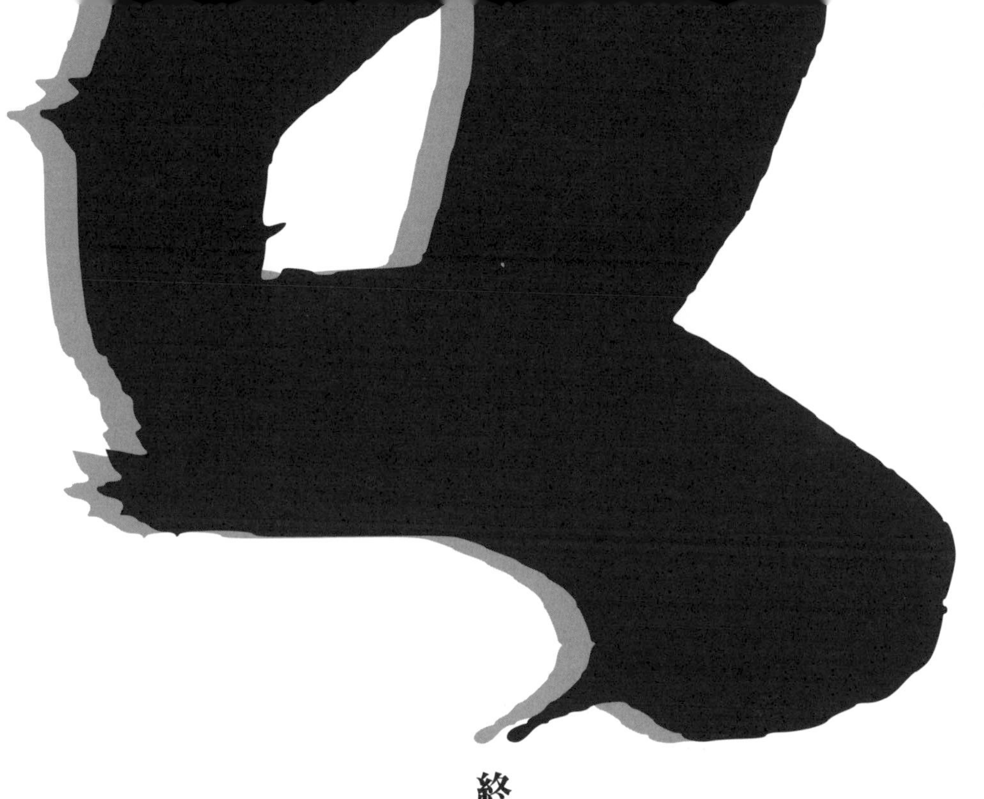

終章

■

■

「唔？傻瓜，怎麼可能？」

奇策士咎女答道。

從出羽天童將棋村返回尾張的路上，鑢七花詢問咎女可否繼續預測汽口的棋步，下完整局盲棋，而咎女便是如此回答。

「將棋中最能反映棋手特質與棋路者，便是開局；因此也唯有在開局之時，才能精準預測對手的下一著棋。我能預測的只有五十著，到了中盤及殘局，盤面錯綜複雜，無法預測，便只能胡走一通了。」

「哦……」

「事後我也向汽口說過，將棋沒淺顯到下個十來局棋便能摸透。當時我語氣平淡，故弄玄虛，汽口疑心生暗鬼，因此錯以為被我看穿了心思。這便是心理戰術啊！」

「心理戰術啊？這我最不在行啦！話說回來，既然妳這麼有本事，怎麼不在敦賀迷彩那時候發揮？」

「什麼話？動武是爾的本分啊！這回是破例幫爾一把。」

「說得也是，慚愧、慚愧。其實當時汽口把全副心神都放在妳身上了，用尋常打法也能贏，根本用不著求什麼僥倖獲勝。」

「不然。爾贏得簡單，難怪這麼想；不過爾能得勝，仍得歸功於爾的外行。這回的奇策，最該提防的便是汽口立即出招取勝，其次則是汽口的武功根基。我不會武功，不曾經驗；聽說爾等習武之人，能夠發在意先，念未動而身先動，是麼？」

「不錯。」

「汽口每日勤習武藝，身體早已記住所有招式；若爾是尋常劍客，用的是尋常劍法，即使我引她分神，或許她仍能靠著平時紮下的武功根基接招。因此爾那不按牌理出牌的外行身手，乃是這回奇策所不可或缺的。」

「誇我外行，我也沒什麼好高興的，反而覺得悲哀。也對，面對意料之外的舉動，的確只能靠理智來應對。粉雪那時候啊——算了，現在說這些也無濟於事。話說回來——」

七花又想到另一個問題。這個問題在沒離開天童之前，他還真問不出口。

「嚴格說來，妳的行為是犯規吧？在一旁說三道四，實在有點兒卑鄙。」

「爾說什麼廢話？」

咎女啼笑皆非地說道：

「當然是犯規啊！」

「……………」

「俗話說得好，觀棋不語真君子，旁觀者本來就該安安靜靜地觀戰。我那麼做，便等於以二打一，汽口自然抵擋不住了。這是只能用一次的殺手鐧——不，照理說是連一次也用不得的。」

「可是既然如此，汽口怎麼沒說話呢？她那麼講究規則……」

「七花，裁決犯規與否的是誰？」

咎女說道：

「是我這個公證人啊！」

「……那倒是。」

見咎女如此理歪氣壯，七花無言以對。

這可不是略微偏袒，而是明目張膽的徇私。

「我還以為奇策士是靠計策決勝呢！」

「那當然。不過若是汽口不服，大可明說啊！」

「可是她什麼也沒說。」

「爾可知道她何以未置一辭？」

咎女露出不懷好意的笑容，教七花聯想到姊姊，不由得心生怯意。

「因為在將棋村裡，是決計不會將下棋當成犯規處置的。」

「哦——」

將棋村乃是棋士的聖地；若站在劍客的立場比喻，便等於教人別在土佐清涼院護劍寺揮劍一般。

原來如此，那麼這就算得上是戰術了。

「也對。若是妳直接出言指點或大聲干擾，汽口可就會抗議了。」

「何止如此？汽口乃是一流的劍客，一旦與敵人對陣，全神貫注，便聽不見周圍的聲響；是以鼓譟干擾、聲東擊西之策對她不見得管用。不過將棋可就不同了。」

「原來如此……汽口在將棋聖地生長，唯獨對將棋不能視而不見、聽而不聞。」

「不錯。」咎女說道。

七花總算明白了。

汽口慚愧曾說她十來歲時沉迷將棋，無法自拔，顯然十分熱愛將棋；是以如今雖決定為劍而生，仍無法忘懷將棋。

不，或許她是不願忘懷。

汽口起初答應與咎女對奕，想來亦是緣於此故。之後的九局對奕亦然，她應該知道咎女的企圖，卻仍答應對奕。

以王刀「鋸」為賭注的決鬥結束之後，汽口慚愧又分別與奇策士咎女及七花比試了一次。

與咎女比的是將棋，雙方約定不可放水。

「請咎女姑娘全力以赴。」

咎女接受了汽口的要求。

見識過咎女的奇策，汽口自然明白咎女對奕之時故意保留實力；如今已無放水的理由，咎女便依約而行，全力以赴，將汽口慚愧殺得片甲不留。

汽口先攻，卻只下了四十二手便宣告投降。

這便是咎女的真本領。

此時汽口的「甘拜下風」，是說得最為爽快的一次。

接著汽口又與鑢七花比試，比的自然是劍法，不穿護具，沒有比試線。

汽口手持王刀「鋸」，七花則是空手赤腳，準備萬全；雖有咎女擔任公證，不過並無規則上的計較，先擊中對手一招者為勝。

針對不穿護具這一點，汽口仍是頗有微辭；不過七花卻以勝者為尊為由，逼得汽口讓步。

當然，這是決鬥之後的餘興節目，因此與咎女、汽口對奕時的規矩正好相反，約定雙方皆得斟酌勁道，只出六成力比試。

於是乎，在這道唯一的限制之下，比武開始了。

贏的人是七花。

七花乃是以虛刀流第三式變化而成的絕招「百花繚亂」取勝；而這記絕招，正是當初與劍聖錆白兵對決時所用的招式。對於七花而言，汽口慚愧仍是值得使出此招的對手。

「甘拜下風。」

七花使出了點到為止的「百花繚亂」之後，汽口心悅誠服，拱手服輸。她放下木刀，正襟危坐，深深地垂下了頭。

「是我有眼不識泰山，竟自不量力，欲收七花公子這般高手為徒，著實無禮至極，尚請恕罪。」

「不……這也沒什麼，妳根本用不著賠罪。妳的劍法坦蕩光明，何罪之有？」

有問題的反而是七花。

「拿了劍武功反而變差，簡直像是詛咒啊！」

汽口這句話留給七花的印象格外深刻。

這會兒無論在將棋或劍法之上，都是了無遺憾了。

「我這就依照約定，將王刀『鋸』交予兩位。」

「哦，謝了……不過……」

或許這話並不該說，但七花還是忍不住脫口而出。

「真的行嗎？這把刀不是掌門信物嗎？」

「我還沒資格拿這把刀——不，正相反，我已經從這把刀得到太多，不能老是依賴它。幼鳥終有離巢的一天，我也該自立了。」

「………」

「要用它報效國家或是折斷毀棄，悉聽尊便。一切任憑兩位發落。」

聞言，奇策士咎女與七花不同，並未多置一辭，只是默默接過木刀。她自然有話想說，卻隻字未吐。

「歡迎隨時再來，屆時還要再向兩位討教一番。我會守著心王一鞘流的招牌，在此恭候兩位的大駕。」

「招牌……招牌不是王刀嗎？」

「以心斬心鬼，故以慚愧為名。今後我自己便是招牌。」

汽口嚴肅的神色略微緩和，說道：

「招牌姑娘。」

……那倒是。

七花暗自想道：但願將來還有機會與汽口這樣的劍客交手。換作之前的七花，想必不會有這般念頭。

話說回來，沒想到汽口慚愧也有這詼諧的一面。

原來她也愛說冷笑話……

「終於只剩三把刀了，該不會都落到真忍手上了吧？」

「天曉得？我不認為他們有這等本領……不過奪個一把應該不成問題吧！」

總之現在得到了王刀「鋸」，奇策士咎女的面子也保住了，可以抬頭挺胸地返回尾張。

當然，王刀「鋸」已先行送回尾張。

他們倆決定忙裡偷閒，慢慢走回尾張；因為也只有回程能如此悠閒。一旦回到尾張，一來有否定姬，二來有左右田右衛門左衛門，三來有真庭忍軍在一旁虎視眈眈，根本無暇休息。

四季崎記紀所鑄的完成形變體刀只剩三把尚未集得。

「……話說回來，這回的事倒是顯露了某個隱憂。」

「唔？哦，妳是指我拿了兵刃就變成三腳貓的事啊？以後應該不會再像這回一樣——」

「不，這的確也是個大問題，不過我所憂心的，卻是舊將軍之事。」

「舊將軍？舊將軍有什麼好憂心的？他不是很久以前就死了嗎？」

「我說的便是很久以前，獵刀令施行時候的事。我籌謀奇策的這十天裡，突然想到了一個疑問——舊將軍為何沒奪得王刀『鋸』？」

「……什麼意思？」

「王刀『鋸』除了不帶毒性……不，是具備解毒功效以外，不過就是把尋常的木刀，既不鋒利，也不是重得離譜；當年持有王刀『鋸』之人如何仗著這麼一把尋常的木刀擊退舊將軍？這一回我們集刀，雖然為了配合汽口的作風而多費了不少功夫，但比起先前幾把刀仍是容易許多，不是麼？」

「唔……我也問過汽口這個問題，她說當時王刀並非心王一鞘流所有。」

「是不是心王一鞘流所有，有何分別？依然無法解釋舊將軍為何奪不到王刀。」

七花不知如何回答，大為困惑。

確實如咎女所言。

舊將軍為何奪不到王刀「鋸」？

不——是為何不奪王刀「鋸」？

「獵刀令表面的目的是建造刀大佛，背地裡的目的是剷除劍客，而真正的目的是蒐集四季崎記紀的變體刀——到了這個關頭，不得不考慮這真正目的背後還有個真正目的的可能性了。舊將軍集刀之所以失敗，或許另有理由。」

「……若是另有理由，那又如何？」

「若是另有理由——也罷。」

咎女欲言又止，搖了搖頭。

「只是可能而已，爾無須掛懷，忘了吧！」

「忘了……？可是聽妳這麼一說，我也好奇起來啦！」

「怎麼？」

咎女笑道，笑得十分狐媚。

「又要我助爾遺忘麼？」

■
■

咎女及七花二人回到奇策府，乃是八日後之事；而他們在尾張果未久留，立刻又動身前往下一個目的地。

下一個目的地是——奧州。

不錯，奇策士咎女不為人知的故鄉，竟是下一把完成形變體刀誠刀「銓」的所在之地；而咎女也因此回到了睽違二十年的故鄉。

（王刀・鋸——得手）
（第九話——完）
（第十話待續）

登場人物介紹 り

年齡	二十四
職業	劍客
所屬	心王一鞘流
身分	掌門人
所有刀	王刀『鋸』
身長	五尺八分三寸
體重	七十五斤
興趣	練劍

必殺技一覽

王刀樂土	（效果隨時發揮）
場外	⇨⇨突
禁用真刀	⇧ ⬀ ⇨斬
配戴護具	⇩ ⬂ ⇨踢（連打）
活人劍	⇦（聚氣）⇨斬＋突＋踢

交戰對手	彼我木輪迴
蒐集對象	誠刀・銓
決戰舞臺	陸奧・百刑場

後記

現實中，實力較差者贏過實力較強者、實力較強者輸給實力較差者的情況的確不常發生，不過倒沒少到稀奇的地步。輸贏沒有絕對，有時總會出現跌破眼鏡的結果，而且頻率還不低。這是為什麼呢？以常理解釋，應該是事前觀察有誤；換句話說，你以為實力較差的人，其實是實力較強者；以為實力較強的人，卻是實力較差的。不過這類的逆轉劇，往往格外打動人心。該贏的人贏了是理所當然，沒什麼好說的，也不必發表任何感想——這麼說或許太過誇張，不過現代人的想法的確有這種傾向。強者獲勝是理所當然，無須褒獎；弱者落敗亦是理所當然，無須譴責；強者落敗必是出於驕矜怠惰，必須譴責；弱者得勝難能可貴，必須褒獎。這麼一想，便發現勝負這回事雖然單純，但背後的情感卻是錯綜複雜。被認定為強者，其實吃虧；而別人瞧不起你，反而是你獲取勝利的大好時機。反過來說，真正的強者，便是能摒除這些情感的人了。

本書為刀語第九卷，剩下的卷數已然不多，奇策士咎女與虛刀流第七代掌門鑢七花的旅程也只剩三個月，站在作者的立場，實在是戀戀不捨。回想起來，一月從京都出發，二月到鳥取，三月到島根，四月到山口，五月到鹿兒島，六月到北海道，七月到高知，八月到東京，九月到山形……這趟旅程也可說是跑遍日本各地啦！他們倆剩下三個月的目的地已經確定，情節也越來越錯綜複雜。說出來不怕大家取笑，其實我本來並不認為這個系列能順利完結；不過俗話說得好，天下無難事，只怕有心人，如今終於寫完四分之三啦！這也是跌破眾人眼鏡的大逆轉啊！總而言之，我會繃緊精神，努力到最後一刻。還有，有句話我一定要說，這回竹畫的汽口慚愧簡直是神來之筆！以後有機會，我一定要好好報答這賜畫之恩。

還剩三卷！

西尾維新

本書乃應十二個月連續刊行企畫『大河小說 2007』所寫下之作品。

浮文字

刀語 第九話 王刀・鋸

（原名：刀語 第九話 王刀・鋸）

作者／西尾維新　插畫／take　譯者／王靜怡
執行長／陳君平　榮譽發行人／黃鎮隆
協理／洪琇菁　國際版權／黃令歡
執行編輯／呂尚燁　美術編輯／李政儀
企劃宣傳／洪國瑋
發行／英屬蓋曼群島商家庭傳媒股份有限公司城邦分公司　尖端出版
台北市中山區民生東路二段一四一號十樓
電話：（〇二）二五〇〇－七六〇〇（代表號）
傳真：（〇二）二五〇〇－一九七九
中部以北經銷（含宜花東）／楨彥有限公司
電話：（〇二）八九一九－三三六九
傳真：（〇二）八九一四－五五二四
雲嘉經銷／智豐圖書股份有限公司　嘉義公司
電話：（〇五）二三三－三八五二
傳真：（〇五）二三三－三八六三
南部經銷／智豐圖書股份有限公司　高雄公司
電話：（〇七）三七三－〇〇七九
傳真：（〇七）三七三－〇〇八七
一代匯集／香港九龍旺角塘尾道六十四號龍駒企業大廈十樓B&D室
電話：（八五二）二七八三－八一〇二
傳真：（八五二）二七八二－一五二九
馬新經銷／城邦（馬新）出版集團　Cite(M)Sdn.Bhd.
E-mail：Cite@cite.com.my
法律顧問／王子文律師　元禾法律事務所
北市羅斯福路三段三十七號十五樓
二〇二二年九月二版一刷

KODANSHA BOX

■中文版■

郵購注意事項：
1. 填妥劃撥單資料：帳號：50003021戶名：英屬蓋曼群島商家庭傳媒(股)公司城邦分公司。2. 通信欄內註明訂購書名與冊數。3. 劃撥金額低於500元，請加附掛號郵資50元。如劃撥日起 10～14日，仍未收到書時，請洽劃撥組。劃撥專線TEL：(03) 312-4212 ・ FAX：(03) 322-4621。E-mail：marketing@spp.com.tw

國家圖書館出版品預行編目資料

刀語 / 西尾維新 著 ; 王靜怡譯.-- 2版.
--臺北市：尖端出版, 2022.09
面 ; 公分.--(浮文字)
譯自:**刀語**
ISBN 978-626-338-406-4 (第1冊 : 平裝)
ISBN 978-626-338-407-1 (第2冊 : 平裝)
ISBN 978-626-338-408-8 (第3冊 : 平裝)
ISBN 978-626-338-409-5 (第4冊 : 平裝)
ISBN 978-626-338-410-1 (第5冊 : 平裝)
ISBN 978-626-338-411-8 (第6冊 : 平裝)
ISBN 978-626-338-412-5 (第7冊 : 平裝)
ISBN 978-626-338-413-2 (第8冊 : 平裝)
ISBN 978-626-338-414-9 (第9冊 : 平裝)
ISBN 978-626-338-415-6 (第10冊 : 平裝)
ISBN 978-626-338-416-3 (第11冊 : 平裝)
ISBN 978-626-338-417-0 (第12冊 : 平裝)

861.57 111012170